COLLECTION FOLIO

Marie-Hélène Lafon

Les pays

Gallimard

© *Libella, Paris, 2012.*

Originaire du Cantal, Marie-Hélène Lafon est professeur de lettres classiques à Paris. Son premier roman, *Le soir du chien*, a reçu le prix Renaudot des lycéens. Elle est l'auteur, entre autres ouvrages, de *Mo*, *Organes*, *Les derniers Indiens*, *L'annonce*, prix Page des libraires 2010, et *Les pays*.

Pour Anne

« Nous ne possédons réellement rien ;
tout nous traverse. »

> EUGÈNE DELACROIX,
> *Journal*

1

On resterait partis quatre jours. On logerait à Gentilly, dans la banlieue, on ne savait pas de quel côté mais dans la banlieue, chez des sortes d'amis que les parents avaient. C'était le début de mars, quand la lumière mord aux deux bouts du jour, on le voit on le sent, mais sans pouvoir encore compter tout à fait sur le temps, sans être sûr d'échapper à la grosse tombée de neige, carrée, brutale, qui empêche tout, et vous bloque, avec les billets, les affaires et les sacs préparés la veille, au cordeau, impeccables alignés dans le couloir ; vous bloque juste le jour où il faut sortir, s'extraire de ce fin fond du monde qu'est la ferme. On n'y passe pas, on ne traverse pas, on y va, par un chemin tortueux et pentu, caparaçonné de glace entre novembre et février quand il n'est pas capitonné de neige grasse ou festonné de congères labiles ; on s'enfonce, le chemin est comme un boyau, entre les noisetiers ronds et les frênes et d'autres arbres dont personne ne dit le nom, parce que l'occasion manque de nommer les choses, et pour qui, pourquoi, qui voudrait savoir. On prendrait le train à Neussargues, un train direct, sans changement jusqu'à Paris. Changer eût été difficile, voire exorbitant, ou périlleux ; à trois, on n'aurait pas su au juste où aller dans la gare de Clermont que l'on ne connaissait pas, où il aurait fallu prendre un souterrain, monter et descendre des escaliers, repérer un quai, en traînant les bagages, sans rien oublier sans rien perdre, surtout le gros sac bleu du père où étaient les cadeaux pour les amis, fromages, de deux sortes, cantal et saint-nectaire, et cochon maison, boudin terrine rôti saucisses, de quoi nourrir cinq personnes pendant quatre jours et plus. Le père aurait préféré partir en voiture ; jusqu'à Clermont c'est facile, il sait il l'a déjà fait, ensuite on se lance, on aurait suivi les panneaux, Paris est toujours indiqué. Le père avait insisté au téléphone, en janvier quand on s'était souhaité la bonne année et que le voyage avait vraiment été décidé. Cette fois c'était bon, on ne reculerait plus, depuis le temps qu'il s'en parlait, de ça, de venir à Paris quelques jours au moment du Salon, on devrait pouvoir s'arranger pour les bêtes à la ferme et partir à peu près tranquille, avec les gamins, les deux plus jeunes, la fille et le garçon, Claire et Gilles, qui n'avaient jamais vu la tour Eiffel. Au téléphone on n'entendait pas ce que disaient les amis de Gentilly, elle d'abord la femme, Suzanne, et lui ensuite Henri, l'homme, le Parisien le vrai, qui était né là-bas et avait l'accent pointu. On n'entendait que les paroles du père mais on comprenait que Suzanne avait appelé Henri, pour la voiture, pour expliquer au père qu'il n'imaginait pas, qu'il ne pouvait pas imaginer comment c'était d'arriver à Paris en voiture quand on n'avait pas l'habitude, et les directions dans tous les sens, les camions, les motos qui se faufilaient partout, il fallait savoir, ou suivre quelqu'un au moins la première fois, et encore même comme ça c'était difficile. Le père secouait la tête, il se sentait capable, il avait envie d'essayer, avec une bonne bagnole, qui tourne comme un moulin, comme ils font maintenant, on va partout. Il avait tordu le nez, et mordu sa bouche en dedans comme il faisait toujours quand il était contrarié, et répété, remâché que, pour les matchs de rugby, à Castres, à Cahors, à Brive et même plus loin, à Toulouse, il avait toujours su le trouver, le bon trou, il disait le bon trou, il était même connu pour ça, les autres qui étaient avec lui le laissaient faire et chaque fois à force de se glisser dans tous les coins, il se garait près des stades, à deux pas. Henri avait tenu bon, avait promis de lui montrer, sur place, de l'emmener faire un tour pour voir, constater que c'était impossible, ce qu'il aurait voulu, quitte à tout noter sur un papier, de se repérer aux panneaux publicitaires ou aux enseignes, aux immeubles, aux bâtiments, comme à l'entrée de Clermont ; on n'avait pas le temps d'hésiter une seconde, il fallait anticiper, se placer dans la bonne file dès le début. Les Parisiens n'avaient pas cédé. Pour cette première fois, ils iraient par le train. Ils arriveraient à la gare de Lyon, sur le coup de sept heures, bien gentiment, sans se fatiguer. Henri viendrait les cueillir sur le quai, les trois, avec les sacs et les paquets, et direction Gentilly.

À Paris il pleuvinait noir dans les rues brillantes chargées de gens. Dans la gare on n'avait rien senti, s'il faisait chaud ou froid, moins froid qu'à Neussargues quand même. On avait entendu des paroles, embrassé les joues blanches et bien rasées d'Henri qui était grand, long de jambes. Et appelait le père Jeannot sur le quai de la gare de Lyon. Comme en été. Lui demandait Jeannot alors le train tu as supporté tu vois c'est bien tu vois tout ce monde ici ça sent les vacances et le Salon ça débarque avec les sacs à provisions bourrés. Henri conduisait en remuant les mains, expliquait, la Seine, juste en sortant de la gare, en remontant vers la place d'Italie, la Seine c'était autre chose que la Santoire, on avait beau dire, mais pour les truites rien à faire. Il riait. Henri parlait facilement, et vite ; il disait Parigot tête de veau Parisien tête de chien en mangeant le saucisson accoudé à la table au mois d'août pendant les vacances. On les voyait à Pâques, et en août ; ils venaient deux ou trois fois par saison, avec la sœur aînée de Suzanne, Thérèse, et son mari qui faisaient une grosse propriété plus haut encore dans la vallée, au pied du puy Mary. Thérèse avait repris la ferme, avec son mari, après les parents et les grands-parents, et Suzanne était partie à Paris, on disait montée, à la Poste, mais pas dans le courrier, elle était dans les chèques postaux, on savait qu'elle s'occupait de ça, des chèques postaux, dans de grands bureaux derrière la gare Montparnasse. On ne connaissait pas Suzanne et Henri dans leur hiver de la ville, on ne les imaginait même pas. Ils venaient surtout l'été ; le dimanche de la fête patronale, le premier dimanche après le 15 août, on mangeait ensemble dans la vaste pièce carrelée de brun, la mère s'ingéniait aux fourneaux, le repas était cossu, les hommes se remplissaient le ventre pour mille ans, les femmes faisaient honneur. On riait, ça riait dans la grande cuisine jaune. Suzanne, sa sœur, les deux maris, les fils qui étaient presque des jeunes gens, tous avaient ce don de famille de se réjouir ensemble, ils étaient gais, ils aimaient à rire dans le lâcher du corps et la mansuétude d'âme dont s'accompagnaient pour eux les fortes mangeailles. Dans le creux de l'après-midi, tous, sauf le père, Suzanne et Henri, sortaient, pour faire trois pas et s'asseoir sur le banc de pierre grise dans l'ombre du tilleul, le dos collé au mur du jardin, histoire de prendre sans en avoir l'air la juste mesure de l'été qui flamboyait, jeté à cru sur toutes les choses tremblantes, mordues de soleil, éperdues, les moutons de Raymond, les seuls du pays, en face, dans le pré pelé juste sous la route, les huit maisons de Soulages arrimées à flanc de pente de l'autre côté de la Santoire, le hêtre du pré carré, frémissant dans le grand incendie, les vaches égrenées le long de la rivière, l'âne planté raide à l'ombre du pignon, les deux tracteurs, à cabine et sans cabine, rouges et patients, garés sous les frênes jeunes à la montée de la grange, et les poules terrées dans la poussière sous l'érable. On ne dirait plus rien ; ou pas grand-chose ; on attendrait qu'un morceau de temps passe avant de repartir chacun dans sa vie et dans le tournoiement des besognes toujours recommencées. On savait que, dans la cuisine, le père et

Suzanne se seraient lancés, sous l'œil impavide d'Henri, dans l'une de ces joutes verbales qui les rassemblaient en de semblables circonstances autour du sempiternel et cuisant sujet de l'avenir de l'agriculture. Le père prophétisait l'inévitable agonie, Suzanne prônait l'adaptation, l'innovation, l'invention ; elle soufflait dans l'air chaud la fumée de ses gauloises sans filtre tandis qu'il s'affairait à rouler ses cigarettes, il disait ses pipes, de tabac gris ; Henri comptait les points, ébloui toujours par sa Suzanne, vaillante et tenace, que ne rebutaient pas les convictions abruptes du père et sa prédilection infaillible pour le pire. Bien que mariés depuis neuf ans, Suzanne et Henri étaient encore tout l'un à l'autre, comme suspendus dans le bleu des débuts ; c'étaient des prévenances sans fin, des attentions infimes et multipliées, des chéries et des minous réitérés, des mains légères posées sur la nuque, un bras nu, un genou ; c'était une auréole de douceur partagée qui les nimbait sans mièvrerie et dont chacun, autour d'eux, devait s'arranger, entre émerveillement, irritation et envie. Le père leur faisait face, le coude gauche planté sur la table pas encore desservie, dos arrondi, jambe droite jetée croisée sur la gauche dont le bout du pied, chaussé d'une sandale souple en toile beige, reposait sur le carrelage, tressaillant toujours, ignorant le repos des assis qui savent ne plus penser à rien et se remplir le corps sans se mêler de la marche du monde. L'inquiétude du père se nourrissait de tout, des convulsions de la politique agricole commune ou d'un orage qui gâcherait le foin coupé, d'un hangar à construire ou d'un vêlage qui s'annonçait mal chez l'Étoile, une vache jeune qui n'en était pourtant qu'à son troisième veau ; les bêtes devenaient de plus en plus fragiles, à certaines périodes le vétérinaire d'Allanche était là des deux à trois fois par semaine, un type d'aplomb qui aurait ressuscité les morts mais qui savait compter les déplacements et les piqûres, les sachets de granulés et les potions magiques, c'était normal, et ça faisait gros à la fin quand il fallait payer la facture. Le pied du père battait la mesure sous la table. Il ne se plaignait pas, il avait ce métier dans le sang depuis tout petit, n'aurait rien voulu faire d'autre, on ne l'avait ni poussé ni tiré. La question n'avait pas vraiment été posée, même si la tante Jeanne, la sœur de son père, qui avait eu entre les deux guerres son brevet d'institutrice et avait enseigné d'abord chez les curés, chez les religieuses mais le père disait chez les curés, à Aurillac, et ensuite dans une famille à Saint-Germain-en-Laye avant de revenir chez son frère, aux alentours de la cinquantaine, pour y mourir d'un cancer du poumon, et ne s'était pas mariée, même si cette tante Jeanne, donc, avait dû y penser, quand il avait attrapé sept ans, y penser et le dire, qu'il faudrait le tenir un peu dans les écoles et le pousser dans les études, s'il apprenait bien, s'il avait la tête à ça. Il ne l'avait pas eue. Il avait été happé, il était tombé dans le chaudron, il n'avait voulu que la vache et ce métier dont il savait tout comme de naissance. Mais, et c'était là ce dont il aimait à parler avec Suzanne, qui l'écoutait, s'intéressait, bataillait, les choses avaient pris une tournure inattendue, à laquelle personne autour de lui n'aurait pu penser, ou ne semblait avoir pensé, dans sa jeunesse, à la fin des années cinquante, quand il s'était lancé, avait quitté la grande ferme que louait son père dans le pays bas pour acheter la sienne dans le pays haut et se mettre à la fabrication du fromage, le saint-nectaire. La mince saga du père et de la mère se tenait là, dans cette lutte qu'il avait fallu soutenir, année après année, pour vivre et tout payer, rembourser les crédits et investir dans des équipements modernes, un système de grilles et de plans inclinés pour recueillir et évacuer le fumier à l'étable, ou une fosse à purin, ou un tracteur neuf. Toujours il fallait suivre la cadence, rester dans la course ; à la banque, au Crédit, ils disaient qu'il fallait avoir un taux d'investissement proportionnel, on ne comprenait pas exactement à quoi le taux d'investissement devait être proportionnel ; il devait s'arranger de ça et du reste. Or ; et le père, les mains immobiles le buste raide, d'expliquer ce que Suzanne savait déjà mais ne se lassait pas d'entendre et de ruminer ; or, très vite on l'avait senti, et comment faire, comment s'arrêter, quand on est lancé, à fond, très vite, on avait à peine trente ans, on l'avait senti, donc, et su que l'on ne pourrait plus vivre comme avaient vécu les parents et les parents des parents et tant d'autres avant eux ; le vent des villes soufflait, le monde était vaste autour et se mettait à exister, dans la télévision dans le journal mais aussi dans les papiers de la banque, et les règlements les normes les primes les charges, on finissait, on était les derniers. Le père plissait les lèvres qu'il avait minces et sèches. Suzanne renchérissait ; le problème, ou la question, c'était les enfants, l'avenir, la suite, comment les élever, dans quelle idée, continuer les fermes en se mettant sur le dos des dettes colossales, le mot, lourd de menaces, frémissait dans la touffeur de l'air, ou partir laisser quitter louer ou vendre les terres ou les planter en résineux et, au mieux, garder les maisons qui deviendraient des résidences secondaires. Les regroupements commençaient, deux ou trois propriétés sur lesquelles une famille avait tenu dix à douze bêtes n'en faisaient plus qu'une qui ne suffirait bientôt plus pour vivre. Suzanne citait des exemples que le père connaissait aussi, les noms des personnes, des lieux-dits ou des hameaux écartés flottaient au-dessus du café refroidi au fond des tasses et du cendrier plein. Henri se laissait bercer, picorait une mince tranche de tarte rescapée des agapes, confiture d'abricots sur pâte feuilletée maison, une perfection un triomphe ça fondait dans la bouche, on verrait des choses difficiles, on n'avait pas été préparé à ça ; Henri serait bien descendu à la rivière pour jeter un coup d'œil, des fois que les truites seraient de sortie, le coin était connu de tous les pêcheurs dignes de ce nom, il en venait de loin ; il aurait fallu s'extraire du banc où il était calé, l'épaule de Suzanne appuyée contre la sienne, il en sentait la tiédeur à travers la manche courte du polo beige, s'extraire du banc et s'extraire de la cuisine, de la maison, se jeter dans la fournaise de la cour et du chemin, tête nue. Ils se récrieraient tous, comme ils faisaient chaque fois, eux qui ne sortaient jamais sans un chapeau, une casquette, un foulard, n'importe quoi, pourvu qu'ils aient la tête couverte, le crâne à l'ombre, le carafon à l'abri ; il tournait fou, il allait attraper la mort, ou au moins un sacré coup de soleil, surtout blanc comme il était en vrai Parisien de l'usine et du métro et après avoir mangé et bu comme il l'avait fait. Car Henri se défendait à table, il faisait plaisir à voir, il avait la fourchette bien en main et l'estomac bon à tout, on le brocardait, on lui demandait s'il faisait des réserves pour l'hiver et où il mettait tout ça, on lui prédisait au tournant de la quarantaine une bedaine formidable, il riait de toutes ses dents parfaites et exhibait une silhouette fluide quoique robuste, son côté mannequin, disait-il, marque de fabrique, privilège de famille, et ne me parlez pas de sport, jamais touché un ballon, ni rond ni ovale, encore moins un vélo, canne à pêche, bricolage et, il riait encore, bricole en tous genres, voilà qui vous gardait un homme en forme, un homme et une femme. Il ne disait rien de l'usine, des trois-huit qui faisaient vingt-quatre, c'était sa formule, ou de ce frère unique et aîné qui n'était pas revenu de la guerre d'Algérie. Il était lisse, suspendu dans le moment, et tout à sa Suzanne. Dans la cour noyée d'été, ils surgissaient les deux dans les aboiements des chiens et se tenaient debout sous la lumière, moulés dans leurs habits de Parisiens en vacances. Lesquels habits n'étaient pas d'ici, pas tout à fait, bien qu'elle, Suzanne, fût une fille de cette vallée, de la vallée de la Santoire, issue sortie d'elle de cette fente enfouie dans le vieux pays plissé raboté. Suzanne partie montée à Paris dans les Postes au traitement des chèques postaux à Montparnasse, montée à Paris à dix-neuf ans, et mariée d'amour dûment à Paris avec son Parisien, un vrai, bel homme aux hanches minces à la bouche rieuse, un de chez Renault un de l'équipe de nuit, Suzanne, quoique montée à Paris, et versée dans le traitement des chèques postaux, et nantie d'un mari parisien à fond à fond, Suzanne, par le jeté du corps, la voix, le pas, les mains, appartenait à ce bout de pays élimé, à cette vallée de la Santoire derrière elle laissée loin au long des hivers gris de la ville entassés les uns sur les autres depuis des années, treize années maintenant, treize années qu'elle vivait dans l'hiver des villes, à Paris d'abord, à Gentilly ensuite où ils avaient acheté l'appartement, Suzanne et Henri, depuis trois ans, presque quatre, au cinquième étage du bâtiment B d'une résidence neuve avec ascenseur, entrée, cuisine, salle de bains, salle à manger, et deux chambres. Une pour eux, une pour l'enfant qui viendrait quand il viendrait, parce qu'il ne venait pas, pas encore, ils n'avaient pas fait d'examens, l'enfant ne venait pas, ils ne savaient pas pourquoi, ne cherchaient pas à savoir, ni lui ni elle, ils étaient d'accord, ils ne cherchaient pas à comprendre. Pas encore. Plantés, pâles et jeunes, solides, ils riaient dans le soleil d'août qui éclaboussait leurs habits de Parisiens, la cour, les poules chamarrées, les clapiers garnis, les montants verts et jaunes de la balançoire ; elle ne servait plus vraiment maintenant que les trois enfants de cette ferme étaient déjà presque grands, assez grands pour commencer à perdre, à oublier, le goût forcené de la balançoire jetée dans l'air bleu sous l'érable, le corps lancé arraché à la force des jambes, et du buste tendu, bercé le corps dans cette caresse insolente de la balançoire. Caresse recommencée. Qui n'eût pas dû finir et qui finissait cependant parce que ces enfants-là, les enfants de cette ferme, trois, deux filles un garçon, grandissaient, s'échappaient, s'étaient échappés de l'enfance et de l'âge où les balançoires jettent les corps contre l'air bleu sous les érables.

À Gentilly, au sortir de l'ascenseur, au cinquième étage droite, la porte marron s'était ouverte avant que l'on ne sonne, ou qu'Henri ne sorte sa clef. Suzanne se tenait là, elle embrassait les enfants, les deux, la fille le garçon, Claire et Gilles, muets, et le père qui tendait le sac des cadeaux ; elle expliquait qu'elle avait vu la voiture entrer dans le parking, et montrait derrière elle, à sa gauche, la fenêtre de la cuisine qui était juste au-dessus de la rampe d'accès au parking souterrain. Suzanne embrassait, blonde dans sa robe d'hiver en maille verte, souple sur son corps de la ville. Suzanne avait pris le sac bleu que brandissait le père ; le saint-nectaire de la ferme, libéré de sa gangue épaisse de papier journal, avait envahi de son fumet conquérant la cuisine carrelée, impeccable cuisine aménagée de Paris où l'on eût aisément mangé à trois ; à trois, pas plus. Avec le fumet sauvage du saint-nectaire pelu et les pages froissées de *La Montagne* était entré dans la cuisine de Paris un air de là-bas, de l'autre pays dont le corps de Suzanne avait été traversé. Une émotion l'avait prise toute, tandis qu'elle s'exclamait, remerciait, assurait que c'était trop, beaucoup trop, on n'en viendrait jamais à bout de toutes ces victuailles, de ce monceau de nourritures transportées, le cochon les fromages et le pot de confiture en plus, même à cinq pendant trois jours, on n'était pas des ogres, à Paris on mangeait moins, et ils avaient traîné tout ça depuis Neussargues dans le sac de toile bleu qu'elle avait tendu, vidé, au père, lui conseillant de le mettre tout de suite de côté avec ses affaires dans la chambre d'amis, pour ne pas l'oublier. Preste, elle avait montré la chambre pour les deux enfants, Suzanne et Henri laisseraient la leur au père et dormiraient dans le canapé de la salle à manger. Dans la chambre d'amis les lits jumeaux venaient de chez la mère d'Henri, il les avait démontés, poncés et vernis, pièce par pièce, et remontés, pour les installer, là, dans cette chambre d'amis, d'enfant. Il a de l'or dans les mains mon homme, Suzanne le disait et on sentait tout le goût qu'elle avait de ces mains diligentes posées tantôt sur les choses, tantôt sur elle, mains d'homme dans la pleine puissance, mains reconnues de son homme qui ouvrait pour les deux enfants et pour le père Jeannot le placard luisant, vide, tapissé de tissu fleuri dans ses moindres recoins, le placard pour les affaires des amis et de la famille en visite, le placard à donner, Suzanne l'appelait comme ça, reprenant une expression qui venait de là-bas, de la grande maison au bord de la Santoire où vivaient Thérèse, la sœur aînée, son mari et leurs fils. Les deux enfants avaient suspendu leurs anoraks dans le placard, ils avaient pensé à Saint-Flour et aux armoires métalliques de la lingerie du pensionnat où l'on rangeait le lundi ses affaires pour la semaine ; ils ne s'occupaient pas de ce que pouvaient dire le père et les amis, ils voyaient par la fenêtre d'autres immeubles pâles et propres de résidences neuves, les arbres des parterres étaient nus et transparents, des gens marchaient, la ville énorme ne finissait pas, on n'avait pas d'autre horizon visible depuis le cinquième étage de Gentilly que des morceaux de ville tous pareillement couchés à plat sous le ciel d'hiver. Henri avait expliqué que l'on était en banlieue proche, presque comme à Paris, et d'ailleurs Suzanne allait tous les jours à Paris pour son travail, par les transports en commun, le bus d'abord, le 21, et ensuite le métro à partir de la place d'Italie. Ils avaient entendu sans comprendre, la différence entre Paris et la banlieue ne leur apparaissait pas. À la porte de Gentilly, en venant de la gare, on n'avait pas vu de porte du tout, rien de rien, pas la moindre casemate, quelque chose, une sorte de monument au moins, une borne qui aurait marqué la limite, un peu comme une clôture de piquets et de barbelés entre des prés. Les deux enfants, la fille et le garçon, même s'ils n'en diraient rien, ne sauraient vraiment qu'ils étaient à Paris que sous la tour Eiffel, pile dessous entre ses quatre pieds d'éléphant. On n'y monterait pas, trop de monde faisait la queue on ne savait pas pour combien de temps, mais on la verrait, on marcherait dessous, on se tiendrait là un grand moment, le cou tendu la tête jetée en arrière pour repérer les deux cabines des ascenseurs, le jaune et le rouge, on entendrait autour de soi des langues que l'on ne reconnaîtrait même pas, pas seulement de l'anglais ou de l'espagnol.

Le Salon de l'agriculture se tenait dans de vastes hangars, porte de Versailles, au Parc des Expositions. Henri avait expliqué que ce n'était pas un endroit réservé à l'agriculture, d'autres salons y étaient organisés toute l'année, pour les arts ménagers, les bateaux, les livres ; on avait ri d'imaginer les livres et les cafetières électriques dernier cri au même endroit que les vaches et les cochons. On était à l'entrée pour l'ouverture, à neuf heures, avec les tickets que le père avait eus à Allanche, par le Crédit. Suzanne et Henri avaient su où aller, sans se perdre, pour voir le plus intéressant, les bêtes, les vaches. Dans le bâtiment la rumeur était énorme, elle montait de partout à la fois, vous tombait sur le corps et ne vous lâchait pas. On avait lu sur des panonceaux les noms des races, le père reconnaissait que, pour plusieurs d'entre elles, il ne savait même pas qu'elles existaient, ni à quoi elles ressemblaient. Il répétait que c'était fou de devoir venir au Salon de Paris pour en apprendre sur les vaches quand on vivait et travaillait depuis toute sa vie avec ces bêtes. On s'était finalement tu, les mots rentrés dans la gorge, Suzanne allant devant avec le père, Henri et les enfants derrière, les bras ballants, la bouche sèche, les corps englués dans la chaleur épaisse. On voyait sur des écriteaux le nom de la bête, sa date de naissance et son poids, le nom de son propriétaire et de l'endroit d'où ils étaient venus. Des hommes, parfois des femmes ou des enfants, avaient accompagné Vaillant, Sultan, Charmante, Princesse ou Pépite, et se tenaient à son côté devant des palissades qui dissimulaient, on le devinait, la combinaison de travail plus ou moins crépie de bouse sèche, les brosses à lustrer, de quoi nourrir le bétail et les gens, le poste de radio, et les chaussures propres pour sortir quand on quitterait le Salon, à tour de rôle on ne laisserait pas les bêtes seules, pour voir un peu Paris, s'amuser entre hommes, ou aller manger chez des cousins. Le père avait envie, on le sentait, de parler avec les exposants pour s'annoncer, pour dire qu'il en était aussi, de ce métier de la vache. Il n'osait pas, on passait, on défilait, avec les autres, les vrais Parisiens qui s'exclamaient, riaient, tirant et poussant des enfants, balançant avec les bêtes entre sotte hardiesse et prudence excessive. Plus tard, revenus dans les maisons de pierre et de bois, dans le Doubs, la Haute-Vienne, l'Ariège, voire le Cantal, on se souviendrait de telle femme blonde en manteau clair et souple, avec un petit garçon de quatre ans qui se faufilait partout, avait échappé et s'était gîté entre deux génisses ; on avait dû le dénicher, l'extirper, peur de rien le gamin, il était habitué aux poneys qu'il montait le mercredi et le samedi au Bois, la mère avait expliqué. On voyait les dents de cette femme qui étaient comme des perles et, de près, on avait senti son parfum, plus fort que l'odeur des bêtes ; seul avec une femme comme ça, on n'aurait pas su où se mettre ; quoique ; et quand elle souriait, elle avait souri, plusieurs fois, on aurait cru une actrice de cinéma, en vrai. Au Salon, ils ne s'étaient sentis un peu chez eux qu'avec les salers, ils les avaient reconnues, bien que lustrées pomponnées calamistrées. Ils avaient aimé être là, ils s'étaient sentis fiers de venir du même pays que ces frisées, dont les Parisiens s'évertuaient à qualifier le ton de la robe, et la ligne des cornes. Rouge brique, acajou, feu, en lyre, à la Dalí, tout y passait. On avait ri et mangé du saucisson avec l'un des deux paysans qui habitait au sud du département et avait été en affaires, pour du fourrage, avec le père, et aussi avec le beau-frère et la sœur de Suzanne. Des noms avaient fusé, de gens et de lieux, qu'ils connaissaient tous et qui semblaient soudain, vus du Salon, très éloignés, très perdus, au bord du bois ou du plateau, là-bas, où l'on retournerait très vite, où l'on serait dès le lendemain soir, revenus, avec un cadeau pour la mère et la sœur aînée, mais on ne savait pas quoi, on n'avait encore rien choisi, ça restait à faire, le matin, avant de reprendre le train, avec Suzanne qui pensait à tout. On avait eu du mal à quitter les vaches, et tant pis pour les autres bêtes exposées que l'on ne verrait pas, des truies phénoménales, des poules exotiques, des lapins chevelus qui intéressaient moins de toute façon. On avait mangé à de longues tables de bois, de la saucisse et de l'aligot servis par un Aveyronnais prolixe ; on n'aurait pas exactement su dire si l'on avait trouvé ça bon. C'était cher, et le café aussi, le café surtout. Henri s'était moqué des Cantalous qui ont une araignée au chaud dans le porte-monnaie. Il le disait aussi l'été quand il venait à la ferme, et ça faisait rire tout le monde, même le père qui ne plaisantait pas avec les questions d'argent. Pour finir on avait passé une petite heure dans le hangar des machines, il faudrait changer le vieux tracteur Zetor sans cabine avant l'été. On était restés hébétés devant cette enfilade de mastodontes assoupis, on s'était sentis infimes, le père avait baissé pavillon, disant qu'il s'y reconnaîtrait mieux chez le concessionnaire de Murat ou d'Aurillac. À Gentilly, pendant que Suzanne fourrageait en cuisine, le père, la fille, le garçon s'étaient assis dans la salle à manger et avaient feuilleté avec Henri les prospectus des marchands de tracteurs, commentant mollement prix et caractéristiques, reprenant des forces, qui sur le canapé, qui sur les chaises raides. Suzanne s'affairait, volubile, et les avait taquinés, les trois, c'était fatigant aussi la ville, il fallait être solide pour y résister. Le lendemain, dans le train du retour, ballottés, enfoncés dans des pensées vagues, on avait réfléchi, on s'était dit que, finalement, au Salon, on n'aurait pas vu grand-chose.

2

Le professeur de grec a des mains de femme, il les frotte l'une contre l'autre, entrecroise ses doigts tendus ; ses poignets sont souples et Claire pense qu'il doit jouer du piano. Elle l'imagine dans un grand salon, le piano est noir et s'étire sur un tapis chamarré, la pièce est capitonnée de livres ; ses filles l'écouteraient, il a trois filles elle le sait il l'a dit, trois scientifiques comme leur mère, elles ont cependant fait du latin et du grec au lycée jusqu'en terminale ; l'aînée médecin, généticienne, en doctorat, les deux autres ingénieurs. Deux filles seraient assises dans des fauteuils raides recouverts de tissu jaune pâle comme on en voyait en vitrine, vendus par paires, chez l'antiquaire de Saint-Flour, on ne savait pas le prix qui n'était pas indiqué, derrière les fauteuils sénatoriaux on devinait des commodes luisantes, des armoires pontifiantes et des coiffeuses distinguées, on ne s'arrêtait pas on n'entrait pas chez l'antiquaire. La plus jeune fille du professeur de grec se tiendrait debout auprès de son père et tournerait les pages de la partition, ou le père jouerait sans partition; Claire hésite, elle ne sait pas si jouer sans partition, par cœur, est signe de plus grande élection pianistique; elle hésite aussi pour les prénoms, Anne, Alma ou Sophie, elle voit les coiffures des filles, des carrés lisses et brillants pour les deux plus jeunes, cheveux longs lâchés dans le dos pour l'aînée, elles sont brunes comme le père, le teint mat. Claire résiste à la tentation du film; elle appelle ça le film parce que les images surgissent un peu malgré elle, le scénario se déroule, elle est embarquée, certaines personnes, dont le professeur de grec, ont cet effet sur elle, c'est parti, elle glisse elle s'échappe elle échappe. Et il ne faut pas. Au pensionnat les années précédentes elle était en terrain sûr, jouant sur les deux tableaux, se racontant ses histoires fleuves, minuscules et toujours recommencées, ramifiées à l'infini, et renouant à intervalles réguliers le fil du cours pour garder la maîtrise de la situation. Mais le monde avait éclaté, et le pensionnat de Saint-Flour lui semblait très confiné, très douillet et très lointain depuis les amphithéâtres de la Sorbonne orgueilleuse où elle s'évertuait depuis plus de sept mois, bientôt huit, à traduire à usage interne et exclusif l'idiome étourdissant dont usaient les mandarins chargés de dispenser les cours magistraux de littérature aux étudiants de première année. Le mot mandarin lui plaisait, à cause du fruit familier; elle ne savait pas où elle l'avait attrapé, en ce genre et en cette acception inédits, dans le flot mêlé des notions et informations nouvelles qu'elle tentait depuis le précédent automne, jour après jour semaine après semaine,

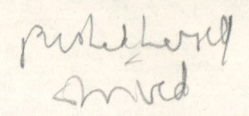

d'endiguer vaillamment sans réussir jamais à juguler une constante angoisse de noyade. Les mandarins n'étaient d'aucun secours, ils se tenaient au bord de la piscine olympique, drapés dans des toges immaculées, enivrés d'eux-mêmes et nimbés de savoir subtil; ils vous précipitaient dans le grand bain et ne vous tendaient pas la perche salvatrice. Doctes et compassés, ils déroulaient leur impeccable chorégraphie de spécialistes confirmés sans se soucier de la piétaille estudiantine qui suffoquait à leurs pieds. Le professeur de grec se distinguait de la confrérie, on le savait, les étudiants de deuxième année et de licence le disaient; il n'était d'ailleurs pas professeur, il n'avait pas le titre officiel, il n'avait pas soutenu; soutenu quoi; Claire ne demandait pas et se contentait de comprendre que monsieur Jaffre, à plus de cinquante ans, souffrait d'incomplétude, avait un vice caché, une tare subreptice, d'où cette punition du cours de grec pour grands débutants qu'il dispensait à raison de six heures hebdomadaires à des créatures assez peu éclairées pour n'avoir pas su embrasser la cause hellène dès le berceau. Des bruits couraient, monsieur Jaffre était un rebelle, une sorte de Prométhée enchaîné à la cause des étudiants de second choix, un Sisyphe du grec ancien qui, en dépit de son âge certain, se piquait au jeu et avait même commis un manuel souple et vert dont Claire avait fait son livre de chevet. Les couloirs de l'Institut de grec bruissaient d'intrigues qui effleuraient Claire et lui demeuraient obscures; elle voyait seulement que monsieur Jaffre était singulier et elle

37

comprenait ce qu'il disait; par son truchement efficace, Achille, Ulysse, Hector, Priam et tant d'autres dont elle savait à peine le nom quelques mois plus tôt lui étaient devenus plus familiers que tous les étudiants inscrits comme elle en première année de lettres classiques. Elle se surprenait à penser à Achille à la station Châtelet où la blondeur altière d'un trio de jeunes gens très manifestement nordiques et désireux de se rendre à Versailles, penchés pour ce faire, toutes boucles répandues, sur un sibyllin plan de RER, avait suscité en elle, à sa grande surprise, l'irrésistible image d'Athéna posant une main légère sur la chevelure lumineuse et bouclée de son protégé tordu d'impuissance et au bord de l'irréparable dans le premier chant de l'*Iliade*. Il était une fois de plus question d'Achille, de ses jambières ajustées, de sa lance, de son javelot, de son bouclier ouvragé, dans cette salle du Louvre où monsieur Jaffre avait convié les étudiants disposés à le suivre un samedi matin pour une visite du département des Antiquités grecques. Claire découvrait que le Louvre était divisé en départements et peinait à se rassembler dans ce labyrinthe sonore en dépit des commentaires de monsieur Jaffre qui, dans chaque salle, présentait les pièces choisies comme il l'eût fait d'amis très chers difficiles à apprivoiser et desservis par un abord rugueux ou abscons. Les mains de pianiste dessinaient dans l'air des volutes souples, accompagnant la voix qui roulait une pointe d'accent chantant et très doux. Claire s'exhortait à ne rien perdre, à ne rien laisser flotter; elle pressentait qu'il lui serait difficile de revenir seule au Louvre sans être écrasée, sans crouler sous les références qu'elle n'aurait pas ; elle devait prendre ce qui était donné, là ici maintenant, et faire son miel, c'était son travail d'étudiante ; elle s'appliquait à ne pas penser au salon, aux trois filles, aux partitions. Elle ne savait pas encore qu'à la fin de l'année, entre le dernier jour des examens et la publication des résultats, monsieur Jaffre avait coutume d'inviter ses étudiants chez lui, pour un apéritif dînatoire, autour d'une table grecque qu'il dressait sous le cerisier dans le jardin de sa maison de Clamart, maison familiale dans laquelle il était né, avait grandi et toujours vécu après un intermède passé à enseigner au lycée français d'Athènes. La Grèce vivante, antique et moderne, lui était un terreau pour l'esprit et pour le cœur, un pays choisi dont il ne se lassait pas d'explorer les moindres plis et replis. À l'écouter partager avec une étudiante de licence née de mère grecque et héritière d'une lignée de cuisinières chevronnées une recette au nom ésotérique, dont elle ne retiendrait d'ailleurs rien, Claire comprendrait mieux pourquoi et comment ce petit homme sec et volubile réussissait à rallier à la chancelante cause du grec ancien des étudiants pour la plupart peu enclins aux enthousiasmes durables et gratuits. La maison la surprendrait, du moins le salon que l'on traverserait pour accéder au jardin, pièce longue et étroite meublée d'un canapé et de sièges bas, fatigués, de facture moderne et banale, rassemblés autour d'une télévision posée à même le parquet ; partout, sur des étagères de bois clair, des livres très rangés, en ordre de bataille ; elle devinerait un régiment de dictionnaires pansus, regroupés sur l'aile gauche, et s'étonnerait presque de retrouver l'escouade familière des Lagarde et Michard au garde-à-vous entre d'innombrables manuels d'histoire littéraire et les douze volumes de Balzac dans la Pléiade. Elle avait récemment découvert en bibliothèque la notoire collection et peinait à la prendre au sérieux tant elle lui rappelait le cossu livre de messe en veau dont elle avait été gratifiée pendant sa dernière année de catéchisme en récompense de l'imperturbable pertinence de ses réponses aux très prévisibles questions du débonnaire abbé Roux. Pas d'objets ni de photos dans la bibliothèque du salon ; de l'épouse, du trio de filles, on ne verrait ni ne saurait rien, Claire resterait sur sa faim. Le bureau de monsieur Jaffre était à l'étage, fenêtre grande ouverte sur la gloire du cerisier, dont les branches se penchaient sur la table de travail, au point qu'il n'avait, en cas de saison faste, qu'à tendre le bras pour s'exhorter à l'aménité dans la correction des copies. Il en riait de gourmandise. Claire avait pensé à la cour de la ferme et à l'érable qui tutoyait la façade de la maison et emplissait d'ombres mouvantes ses nuits d'été dans la petite chambre du milieu tapissée de papier fleuri. Elle avait pensé aussi à Ithaque, au retour d'Ulysse et au lit nuptial jadis chevillé par lui au fût d'un olivier vigoureux. Le cerisier trônait et tenait toute la place chichement mesurée dans ce qui n'avait de jardin que le nom ; monsieur Jaffre soignait les adjectifs réservés à ce qu'il appelait le dithyrambe rituel du cerisier ; il était déjà là quand ses parents avaient acheté la maison entre les deux guerres, les voisins conseillaient de l'abattre, son père s'était contenté de tailles sévères et il concédait, lui, de vagues promesses qu'il ne se résignait pas à tenir, sachant que l'on verserait sa procrastination au compte déjà bien garni des atermoiements inhérents aux littéraires éthérés. Le sourire de monsieur Jaffre en disait long sur sa parenté organique avec l'arbre tutélaire ; Claire l'imaginait, enfant, et peut-être fils unique, juché sur la branche maîtresse du cerisier et tout enfoncé dans la lecture de l'inépuisable série des *Contes et Légendes* à laquelle il avouait devoir ses premiers émois mythologiques. Dans ce jardin de banlieue, sous l'égide du cerisier, Claire avait été debout, puis assise, puis debout, elle avait fort peu bu parce qu'elle perdait tous ses moyens après un verre de vin, elle avait mangé des choses étranges et pensé que le fromage était bon, elle avait applaudi avec tout le monde quand trois étudiantes beaucoup plus âgées avaient psalmodié en grec moderne un poème très cadencé qui était l'œuvre du père de l'une d'entre elles, réfugié en France sous la dictature des colonels ; elle chercherait dans le dictionnaire qui étaient ces colonels, ce qu'ils avaient fait, et quand. Elle avait écouté et avait parlé, elle ne savait plus ni ce qu'elle avait dit ni exactement à qui mais elle avait parlé avec d'autres étudiants plus avancés dans leur cursus ; elle aimait employer à part elle ce mot de cursus qui lui semblait à la fois alerte et savant mais dont elle n'usait pas à voix haute. Une vie comme celle que monsieur Jaffre menait dans

41

cette maison et dans ce jardin était donc possible, ça tenait par les livres, ça tenait par l'arbre, et par mille autres liens dont on ne démêlerait pas l'enchevêtrement ; ça sentait la joie, une joie austère et ardente à la fois qui vibrait dans la voix très douce de monsieur Jaffre et habitait les gestes aériens de ses mains de pianiste sans piano.

La fille est longue, très blanche de peau, éclatante, une lumière mate la nimbe toute quand elle paraît dans l'amphithéâtre rutilant de boiseries sombres et de fresques languides ; longue de jambes et de cheveux ; Claire eût dit longue de crinière ; elle a pensé aux chevaux massifs, croupes rondes encolures de velours pattes solides, crinières pâles partagées répandues épaisses, aux chevaux lourds rassemblés là-bas à l'automne derrière les clôtures de barbelés sur les plateaux ; les vaches ont déserté, quitté l'estive et les chevaux restent seuls en troupes fluides pour faire face aux hivers, aux nuits qui ne finissent pas, au bleu inouï, aux neiges réitérées. Quand, au début de la deuxième année, les copies de thème latin avaient été rendues à l'appel des noms, Claire avait retenu que cette fille miraculeuse s'appelait Lucie Jaladis. Cette apparition était rousse, ça coulait d'elle en parfaite onction soyeuse, ses dents étaient insolentes, sa bouche rose, ses yeux verts, d'un vert d'eau vive. Lucie était habitée, comme traversée par une foudroyante évidence. Claire aurait pu penser, la regardant, que Lucie terrassait les créatures à l'image de Zeus brandissant l'éclair, son exclusif et terrifiant apanage, mais elle ne pensait rien de tel, elle pensait à la crinière des chevaux lourds. En dépit des prouesses de monsieur Jaffre, Zeus le patriarche et sa remuante maisonnée, à la notable exception d'Athéna et d'Héphaïstos, ne lui étaient encore que de lointaines connaissances trop récemment présentées pour faire référence ; elle se sentait plus en confiance à l'étage inférieur, celui des héros promis au sombre trépas qui doutaient, pleuraient, exultaient tour à tour, aimaient ou n'aimaient plus, perdaient le nord et le retrouvaient, taillaient l'ennemi en pièces sans états d'âme et s'affolaient de douleur à la mort de l'ami cher entre tous. Les héros de l'*Iliade* lui mangeaient dans la main et lui faisaient un invisible cortège dans les rues de la ville ; elle les avait rencontrés, elle avait eu besoin d'eux pour se tenir chaud dans sa vie nouvelle. Elle avait beaucoup travaillé, tout le temps, pour les notes, certes, comme avant, comme là-bas, depuis toujours, à l'école de Saint-Saturnin et au pensionnat de Saint-Flour, mais aussi, ça allait ensemble ça ne se séparait pas, à cause de la bourse. Sans la bourse elle n'étudierait pas, elle ne pourrait plus le faire, elle le croyait du moins, et si l'on échouait aux examens, si l'on redoublait, la bourse était perdue ; redoubler était l'impossible trou noir. Claire vivait dans cette peur, l'habitait, et elle s'appliquait, elle se battait contre elle. Lucie n'avait pas à soutenir cette lutte et se riait de l'âpreté des choses. On n'approchait pas Lucie, elle vous choisissait, on était élu ou on ne l'était pas. Claire la regardait, souvent, le plus possible, entre les cours, sans être vue ; elle n'était pas vue, Lucie ne la voyait pas, pas plus qu'elle ne voyait les autres filles et les rares garçons aventurés, assis comme elle sur les bancs de l'amphithéâtre où étaient dispensés les cours de thème latin. Lucie n'avait pas d'orgueil; elle était happée, dévorée par autre chose qui lui tenait au corps; elle se prêtait aux cours de grec et de latin avec talent et suffisait à tout sans effort. Plus tard, Claire raconterait; et elles en riraient, Lucie et elle, Lucie secouant sa crinière pour dire que ça n'était pas vrai, que cette histoire de grand écart dans l'amphithéâtre était une pure invention de Claire, pièces et morceaux; Lucie dirait qu'elle ne se revoyait pas, ne s'imaginait même pas, pendant la pause ménagée entre les deux heures de cours consécutives, plantant *a cappella*, pour ainsi dire à sec, un grand écart brutal dans cet amphithéâtre pompeux du cours de thème latin où l'agencement des strapontins incommodes eût au demeurant, elle en convenait, autorisé semblables acrobaties. Lucie protesterait, même si elle se rompait bien le corps cette année-là avec trois ou quatre heures de danse par jour, après l'étouffoir de l'hypokhâgne dont elle n'avait réchappé qu'au prix d'une mononucléose carabinée; Claire apprendrait du même coup les deux mots mononucléose et hypokhâgne. Les parents de Lucie avaient craint le pire, étaient accourus de leur fief de province très cossue, avaient délibéré au chevet de l'enfant merveilleuse, seule fille inventée à la coda d'un quintette de fils très aînés, tous établis plus que bourgeoisement et nantis de mirifiques professions, d'épouses divines, d'enfançons idéaux, fils chargés, bourrés à craquer comme navires fabuleux de maintes pro-

44

messes d'avenir. Les années suivantes, avec Lucie dans son sillage, à la faveur de séjours répétés en royaume normand, Claire, adoptée enrôlée embarquée incorporée, découvrirait des usages peaufinés par des générations de fins lettrés, musiciens et cavaliers émérites, épicuriens avertis, et, jusqu'aux grands-parents paternels de Lucie, rentiers invétérés. Lucie la choisirait, elle, Claire ; entre tous et toutes, dans l'amphithéâtre, à l'heure de la pause, en cours de thème latin deuxième année, un lundi de fin novembre. Lucie viendrait s'asseoir à son côté, serviette de cuir en main ; cuir roux, souple, élimé, la serviette du père, des humanités du père, accomplies quarante ans plus tôt en d'autres lieux non moins augustes. Lucie avait surgi aux côtés de Claire, extirpant de la serviette increvable un sandwich au camembert emballé dans un fin torchon blanc repassé de frais. Elle avait souri, avait dit trois mots ; Claire avait souri aussi, avait pu sourire dans le charivari de ses dents, et commenter le sandwich, ses proportions, son fumet ; elle avait sorti son cake à croûte brune, trois tranches épaisses, piquetées de raisins noirs macérés dans du rhum, enveloppées dans du papier d'aluminium qui avait servi plusieurs fois. Lucie avait expliqué qu'elle avait remarqué ce cake, l'avait humé déjà, un autre lundi, avait pensé que cette nourriture ne venait pas de Paris, comme son camembert déniché pour elle par son père chez un fermier, elle ne disait pas notre fermier, ou l'un de nos fermiers, près de Coutances, en Normandie, où vivait sa famille. Le cake luisait, lesté de beurre, violemment jaune. Lucie avait goûté, mangé une tranche, partagé son camembert gras, demandé qui avait fait le cake, et où. Elle ne savait pas où était le Cantal mais le mot Auvergne avait tout éclairé. L'un de ses frères, le troisième, Étienne, s'était marié en Auvergne, cinq ou six ans plus tôt, au mois d'avril, elle était en quatrième, ils étaient tous allés, s'étaient transportés en grand arroi, au Puy-en-Velay, en Haute-Loire, à la Cathédrale. On ne comptait plus les prêtres, en procession et chasubles chamarrées, un vivier, on avait eu aussi un évêque malingre, et des religieuses en habit, grands-tantes, tantes, cousines et sœurs de la mariée. Cette avalanche ecclésiastique était devenue proverbiale dans la famille, d'autant plus que le jour des noces, il avait neigé dès le matin, le vent s'en était mêlé, des congères trapues s'étaient formées, avalant les jonquilles répandues dans les champs très verts. Claire avait rectifié, les prés pas les champs, on ne sème pas l'herbe elle pousse toute seule ; elle avait ajouté aussi que pour ce vent de la neige elle ne connaissait pas d'autres mots que l'écire, ou la burle ; elle ne savait pas si c'était français, n'avait jamais cherché dans le dictionnaire, ne le ferait pas, aimant ces mots, qui sonnaient étrangement dans l'amphithéâtre dévolu au thème latin. Lucie écoutait, son père voudrait connaître ces mots, elle les avait notés pour lui dans la marge de son cahier de thème sous la dictée embarrassée de Claire qui assurait que ces mots n'avaient pas d'orthographe fixée, ceux qui s'en servaient ne les écrivaient pas. Le père de Lucie avait une faiblesse de santé qui lui avait valu, dans l'enfance, plusieurs séjours chez un médecin, ami très cher de son père, dans le Puy-de-Dôme, à mille mètres d'altitude, à Besse ; il y avait mangé le meilleur saint-nectaire du monde et en gardait une dévotion éperdue pour ce fromage qui ne le cédait à ses yeux qu'au camembert de Geffosses. On n'avait pas pu finir les histoires, ni celle du père, ni celle du mariage du frère dans la neige d'avril au Puy-en-Velay avec les essaims de prêtres en chasubles riches et le vieil évêque minuscule ; le cours reprenait, les fortes odeurs de cake et de camembert mêlées avaient flotté un moment autour des arguties latines. Après le cours, elles avaient descendu ensemble la rue Soufflot vers la Seine, elles avaient eu à se dire, sans chercher. Lucie devait passer chez elle, dans l'île Saint-Louis, récupérer ses affaires pour les deux heures de danse de l'après-midi ; Claire prenait un bus, le 47, pour rentrer dans le treizième, à la porte d'Italie, où elle avait sa chambre. Le lendemain, c'était version latine et ancien français, on se retrouverait, on continuerait, ça commençait.

Dans le treizième, entre la porte de Choisy et la porte d'Italie, Claire allait à la laverie automatique deux fois par mois, une laverie chinoise, au pied d'une tour vertigineuse et très chinoise, comme l'étaient plusieurs autres tours de même acabit dont était cerné l'immeuble où se trouvait sa chambre d'étudiante, rectangulaire, tapissée de papier à fleurs marron, avec lavabo individuel et volet roulant en plastique gris. L'immeuble était un étrange corps, elle avait découvert cela, après la maison de pierre, de bois et d'ardoise, la maison

47

vaste parcourue de craquements intestins, et les sept années de pensionnat. Elle avait dû apprendre à l'arraché cet entassement de l'immeuble où croissaient, vivaient, s'étiolaient dessus dessous et sur les côtés d'autres corps, que l'on ne connaissait d'abord pas, que l'on frôlait ensuite, parfois, dans l'ascenseur ou dans le couloir. Longtemps elle ne les avait pas vus, ni entendus, enfoncée affairée de toute son ardeur jeune dans le déchiffrement du monde nouveau des études, des chapitres à comprendre, à apprendre, des phrases latines à décortiquer, démonter, remonter en belle langue française lisse. Elle croisait de vagues voisins, elle n'avait pas de nom, ils n'avaient pas de nom. Deux fois par mois, le lundi après-midi, elle allait à la laverie pour l'intendance du linge, au rez-de-chaussée de la tour Roma, au 12-16, avenue de Choisy. Dans les boutiques adjacentes et autour, dans le quartier, elle pensait que tous étaient chinois. Elle ne cherchait pas à savoir si ces gens venaient d'une autre partie de l'Asie. Elle se sentait bien dans la laverie propre et silencieuse, deux fois par mois, étrangère parmi d'autres étrangers, privée d'idiome, réduite à deviner, tâtonner, déchiffrer des schémas, hasarder une pièce, ou deux, ouvrir enfin l'habitacle, enfourner le linge dans la gueule de la machine, refermer le hublot, appuyer sur des boutons, en tourner d'autres qui résistaient, dans le sens des aiguilles d'une montre ou dans le sens inverse, guetter le moment où tout s'enclenche, où le linge enfin s'ébranle et s'emberlificote, s'asseoir alors sur une chaise en plastique, et attendre. Attendre en reconnaissant le pantalon marron, une manche verte, les serviettes du pensionnat, roses et rêches, qui l'avaient suivie à Paris avec d'autres pièces du trousseau, les draps rayés blanc et bleu, tout ensemble, sauf le petit linge de corps et deux ou trois maillots de coton doux, elle aimait le mot maillot, qu'elle portait à même la peau, sous les autres vêtements, et lavait dans le lavabo de la chambre où ils séchaient ensuite sur un étendoir de plastique blanc arrimé au radiateur. Elle ne lisait pas à la laverie, elle ne pouvait pas mélanger les livres des études, le bruit rond des machines et la conversation des femmes jeunes qui, à cette heure du lundi, se retrouvaient autour de sacs énormes qu'elles triaient, charriaient, ouvraient, refermaient, sans cesser de bourdonner dans leur parlure ou de rire par brusques et inexplicables accès. Elle avait fini par repérer, à certaines singularités du corps, un lobe d'oreille fendu, un strabisme très prononcé, des mains rouges, comme irritées, que trois de ces quatre femmes, dont elle ne pouvait pas imaginer les vies, étaient toujours les mêmes. Les machines de la laverie lavaient et séchaient, elle en avait été surprise la première fois, avait hésité, tentée de relaver le linge, humant avec suspicion l'odeur douceâtre et chaude qui nimbait les tissus. Elle avait une mémoire aiguë des odeurs et savait par cœur les bois nus de février, les granges vides à la fin du printemps ou la Santoire grosse de neige fondue. Elle connaissait aussi le remugle de chaque salle de cours, de chaque amphithéâtre, des bus de la ligne 47, de la petite station de métro Maison Blanche ou des couloirs de la station Châtelet. Les rues la laissaient perplexe, quelque chose de trop volatil lui échappait; elle avait pensé les premiers mois que ça puait, carrément, que Paris puait, sans nuances, sauf dans le quartier chinois de la lessive où s'entassaient sur les trottoirs des sacs de victuailles, d'herbes, de fruits sans nom. Ensuite elle s'était habituée; d'ailleurs elle n'était pas là pour sentir, elle avait besoin de toutes ses forces pour le travail. Pas de promenade, pas de divertissement, pas de café en terrasse, pas de flânerie au Luxembourg qu'elle n'avait traversé pour la première fois que près de dix mois après son arrivée, le jour de ses résultats aux examens de première année. Elle était reçue. Elle avait pu s'asseoir sur une chaise vert tisane et se répéter qu'elle était reçue, et dérouler la roborative litanie de ses mentions, se lever, acheter une glace en cornet, double, cassis et café, la manger à coups prestes de langue pointue en découvrant les platanes altiers de la fontaine Médicis, elle était reçue. Elle voyait des garçons, des filles, des femmes, des hommes répandus dans le gros soleil de fin juin, installés, des femmes renversées, cou nu, épaules nues, jambes nues, offertes au soleil d'avant les vacances. Ces gens étaient chez eux au Luxembourg, au jardin du Luxembourg ceint de grilles orgueilleuses; au milieu, face au bassin étale, un bâtiment comme un château dont elle ne savait pas tout à fait s'il était le Sénat ou l'Assemblée nationale. Elle était reçue. Le lundi suivant, dans deux jours, le 3 juillet, elle commencerait son travail d'été dans une banque au Crédit lyonnais au guichet pour deux mois jusqu'au 31 août. Elle traversait le

Luxembourg comme on traverse une exotique contrée peuplée d'autochtones stupéfiants. Elle était là, posée là, dans le soleil triomphant, elle aussi ; elle avait mangé la glace en marchant. Là-bas, ils avaient commencé à faner, si le temps était beau ; ils commençaient de plus en plus tôt ; dans aucune ferme, ou presque, on ne se souciait plus de râteler dans les coins et recoins, on avançait sans s'occuper des détails ; personne n'attendait plus, comme l'avait fait le père, que les enfants sortent de l'école, aux derniers jours de juin, pour s'attaquer à la rude affaire, la vraie fenaison, après les hors-d'œuvre de l'ensilage que l'on pratiquait au plus tard à la mi-juin dès que l'herbe était prête et le temps à peu près adéquat. Au Luxembourg, sous les frondaisons galantes de ce jardin de ville qu'elle découvrait, elle avait pensé à ça. Moins à eux là-bas, à ceux qui étaient pris dans les rets du gros travail de saison, qu'aux choses elles-mêmes, à l'érable de la cour, à la rivière, à l'herbe, à l'herbe surtout avant qu'ils ne la fauchent, ils le père ou le frère, l'herbe en houle souple. Jaillie plus que poussée en quelques semaines de printemps chahuté, l'herbe était de là-bas, restée là-bas, réfugiée là-bas. Les pelouses soigneusement épilées de l'impeccable Luxembourg n'étaient pas de l'herbe ; ou c'était une autre herbe, une autre matière. Reçue, plantée dans la lumière de sept heures au jardin du Luxembourg, elle avait pensé à l'herbe de là-bas qui deviendrait du foin pour les vaches tandis qu'elle gagnerait ici, à la banque, pendant les deux mois d'été, de l'argent qu'elle ne dépenserait pas, ou seulement un tout petit peu ; cet argent s'ajouterait à la somme de la bourse pour tenir pendant toute l'année suivante qui serait la deuxième année d'études ; elle avait compris qu'il en faudrait au moins quatre pour gagner un salaire, si l'on réussissait dès la première fois le concours qui se passait avec la licence. Elle aurait la licence, elle passerait le concours, vite, au plus vite. Elle a senti une sorte de coup dans le ventre, une grosse bouffée de joie l'a saisie, toute ; elle était reçue, et pouvait l'être encore, plus tard, le serait, vite. Elle avait eu moins peur, un moment, debout, au soleil, pleine face. Ensuite elle avait pensé au pantalon rouge.

Elle avait vu ce pantalon rouge en vitrine dans un magasin du boulevard. Il était à la mode. Les filles dans les rues, certaines filles en cours, plutôt celles qui étudiaient les lettres modernes, portaient ce genre de pantalon, étroit aux chevilles, simple, de couleurs vives ; elles les portaient avec des ballerines assorties, leurs bras étaient nus et minces, des colliers éclataient sur leur peau, elles ployaient leurs cous qu'elles avaient gracieux et caressés de cheveux brillants. Claire sentait que son corps à elle était fait d'une autre pâte, plus compacte. Pour se récompenser, puisqu'elle était reçue, elle pouvait acheter le pantalon rouge, elle avait prévu l'argent pour ça, et ses vêtements étaient tous plus ou moins usés, avaient vieilli, avaient servi. Depuis son arrivée à Paris elle n'avait pas fait attention aux habits, on disait les habits quand on préparait le sac pour le pensionnat le dimanche soir, les habits sont prêts les habits sont secs tu trieras tes habits dans la pile, toujours les mêmes depuis l'année de seconde, Claire ne voulait pas autre chose, jean, velours marron à côtes fines, pull bleu avec, sur l'épaule gauche, cinq boutons frappés d'une ancre marine. Dans la boutique étroite, dans des casiers rectangulaires où les pantalons étaient rangés par taille et par couleur, elle a trouvé le modèle ; une vendeuse jeune s'est approchée, a proposé un 36, s'est étonnée de voir Claire, indécise, demander aussi un 38 et un 40 avant d'entrer dans l'unique cabine d'essayage tapissée de miroirs sur deux faces. Le tissu sentait le neuf ; elle a vu dans le miroir sa peau blanche, les genoux forts, les cuisses ; elle flottait dans le 40. La vendeuse parlait au téléphone. Elle a considéré le pantalon rouge en taille 36, l'a tendu sur elle, a ôté le 40, l'a posé sur le tabouret, a senti sur elle, ajusté sans excès, l'étui souple et léger du coton rouge. Elle a demandé à travers le rideau de la cabine si elle pouvait garder le pantalon. La vendeuse a triomphé, le 36 vous voyez j'avais raison j'ai l'œil. Claire a marché sur le boulevard, est descendue vers la Seine, son corps était neuf dans le pantalon rouge et la lumière de juin. Elle n'aimait pas le mois de juin, trop luxuriant trop capiteux, trop enivré de lui-même. Elle gardait ce pli ancien du pensionnat où l'on se tenait chaud, confiné dans le connu de chaque jour de mi-septembre à fin juin, à l'abri de tout dans le giron de l'école. Aux prémices de l'été, quand les jours ne voulaient plus finir, quelque chose était lâché, dans l'air, une inquiétude qui traversait le corps et nimbait les mots des livres, leurs pages mêmes ; le chemin se fermait ; elle n'avait plus d'accès, il fallait attendre, elle attendrait. Elle irait à la banque, les deux mois, juillet et août, elle apprendrait les gestes de la banque, s'appliquerait comme elle savait faire. Elle ne regrettait pas les étés anciens, les étés vert et bleu coupés d'orages impérieux, les étés du foin engrangé en bottes rectangulaires et dures sanglées de ficelles rugueuses. Ces travaux étaient derrière elle, arrachés d'elle et cependant inscrits. Son corps tenace les avait connus et elle comprenait sans paroles que les autres qui étudiaient à Paris avec elle dans les amphithéâtres et les salles de cours ne savaient pas ces façons ancestrales, menacées, en précaire équilibre au bord de l'obsolescence, ou ne les avaient effleurées qu'à titre de récréation estivale et joyeuse, partagée avec des cousins ou des voisins à la faveur de la brèche plus ou moins enchantée ouverte dans l'ordinaire du temps par les vacances rituelles chez des grands-parents ou des oncles et tantes retournés, ou demeurés, au pays d'origine. Cette première année à Paris faisait bloc derrière elle qui se tenait au bord de la Seine, raide et étonnée, dans le pantalon neuf et rouge, sortie du Luxembourg, descendue sans y penser sur le quai parcouru de gens mêlés et comme elle livrés à la vacuité soudaine de ces derniers jours de juin. L'eau frappée de soleil restait grise. Claire s'était assise un peu en retrait sur un banc vide. Elle téléphonerait là-bas plus tard, le lundi soir suivant, après la première journée à la banque, pour dire à la fois qu'elle était reçue et qu'elle avait commencé son travail d'été. Elle saurait où ils en étaient eux ; si le temps était sec et chaud ça avançait ça se faisait bien on rentrait du beau fourrage. Elle regardait sans la voir la Seine large, les bateaux-mouches, les filles déjà bronzées. Elle avait pensé que UV, pour unité de valeur, désignait aussi certains rayons du soleil, on le lisait sur les vitrines des instituts de beauté, et sur les étiquettes des produits qui favorisaient le bronzage ou protégeaient la peau. Sa peau était blanche, restée blanche ; depuis les premiers étés passés dans le pré, râteau en main, elle avait adopté l'uniforme de la casquette, de la chemise à manches longues boutonnée au col et aux poignets et du pantalon tombant sur les chaussures de toile épaisse. En sixième, le terrible short élastique noir prôné par le règlement du pensionnat pour les séances d'éducation physique l'avait confortée dans cet usage drastique. Bien que chacun fût averti de son extrace, elle n'eût pour rien au monde voulu encourir les moqueries sans fin sur le thème des cuisses et du bronzage dits agricoles que dévidaient sans fin les externes ou demi-pensionnaires pour la plupart exemptes de l'obligation fourragère imposée aux pensionnaires filles de paysans. Sur le banc vert, au bord de la Seine, elle avait pensé à ça, aux cuisses agricoles, aux étés de là-bas, et à la formidable polysémie des UV. Elle se tenait là, reçue, gainée dans le pantalon rouge, et ce premier été de Paris tombait sur elle après toute une année sans saison, un bloc de mois, entassés les uns sur les autres comme s'étaient entassées en elle les choses apprises, le grec tout neuf, le latin remâché depuis la quatrième, la littérature française, en vrac et en salmigondis, Homère, Plaute et Balzac et Butor.

Elle avait fiché, compartimenté, absorbé sans fin, en brute méthodique. Elle avait ruminé, digéré et recraché. Elle ne savait plus rien, elle était au bord de l'eau dans le soleil encore cru, promise aux deux mois en banque, avec quatre jours, à la faveur du 15 août, pour retourner là-bas où l'été, déjà, basculerait vers ce temps roux des lumières longues que ne connaîtraient pas ceux qui, comme elle, avaient quitté le pays. Il était près de neuf heures, elle avait peut-être dormi. Plus tard elle s'était aperçue qu'elle avait oublié sur le banc le vieux pantalon devenu trop grand.

Sa chambre était au neuvième étage. Suzanne et Henri avaient aidé pour la trouver, s'étaient entremis, une collègue de Suzanne étant la sœur de la gardienne ; Claire verrait peu Suzanne et Henri, tout empressés auprès de leur fille unique, tard venue et de santé fragile. Aller à Gentilly prenait du temps, il eût fallu s'accorder ce loisir, et l'on n'avait finalement pas grand-chose à se dire, le latin et le grec faisant obstacle et le sujet des communes origines n'étant pas de ceux que l'on exhume à la hussarde entre la poire et le fromage. La fenêtre de la chambre de Claire donnait sur une vaste maison, entourée d'un jardin, où habitaient une poignée de religieuses âgées et de très jeunes enfants qui étaient accueillis là, dans cette sorte de pensionnat ou d'orphelinat, elle ne savait pas comment dire, même si elle avait lu sur la plaque vissée à droite de la porte, avenue de Choisy, au 23, Institution de Bon Secours ; ça ne l'avait pas renseignée, ce mot institution étant celui qui servait aussi pour l'école où elle avait été pensionnaire pendant sept ans et qui n'était pas un orphelinat. Elle voyait d'en haut les enfants minuscules qui jouaient dans le jardin, sur le toboggan, le tourniquet, la balançoire et d'autres installations qu'elle n'identifiait pas. Ils tournoyaient, tombaient, se relevaient, couraient encore, s'arrêtaient, plantés sur leurs jambes. Même quand la fenêtre était ouverte, elle n'entendait pas ces cris d'hirondelles que poussent les enfants lancés dans le jeu. Le film était muet. Une religieuse maigre en habit brun paraissait sur le perron de derrière, frappait dans ses mains, une fois deux fois, appelant les enfants que rassemblaient une ou deux femmes ou jeunes filles en tenue civile. Dans le sillage de la religieuse, la troupe entrait dans le bâtiment, était avalée par lui, la cour et le jardin restaient vides. Côté avenue de Choisy une rangée de peupliers altiers flanquait le mur crépi de gris propre. Elle aimait cette maison incongrue dans un quartier d'immeubles neufs, considérables, équipés de baies vitrées coulissantes et de balcons rectangulaires en béton. Cet été-là, le premier été de la banque, elle avait observé les enfants dans le jardin, et appris à en distinguer quelques-uns, une rousse frisée, une fillette qui semblait plus âgée que les autres, huit ou neuf ans, et deux garçons noirs, courts et trapus, toujours ensemble, des frères, peut-être des jumeaux. En août, cinq enfants étaient restés, dont ces garçons qui jouaient le soir avec deux chiens bonasses et jaunes, comme eux confiés pendant la grande migration estivale à la garde des religieuses indéfectibles. Les quatorze peupliers frémissaient.

Avec un lilas dont elle avait manqué la floraison faute d'avoir connu son existence avant la fin de cette première année, les peupliers étaient les seuls vrais arbres du jardin et du quartier. Elle comptait pour rien l'escouade d'arbustes étiques qui cernaient la maison et plus loin, sur l'avenue, les sentinelles poussiéreuses aux troncs minces et droits dont elle ne savait pas le nom. Elle supposait plus qu'elle n'entendait le cliquetis fluide des peupliers avalé par la houle sourde de la ville ; elle devinait, remontée des bords anciens de la rivière d'enfance, leur odeur chiffonnée, sure et sucrée, vivace après la pluie, presque âcre aux premiers soirs d'automne. Un matin de ce mois de juillet, au pied de l'immeuble, à huit heures et quart, elle surprendrait, surgi de la pelouse fraîchement tondue devant l'immeuble jumeau du sien, de l'autre côté de la rue, le parfum magistral et incongru de l'herbe coupée que le gardien remplaçant, moins diligent que le titulaire du poste, aurait négligé de faire disparaître aussitôt après avoir récuré le très britannique jardinet. Elle emporterait avec elle dans le métro et garderait au chaud du secret dans un coin de sa journée à la banque cette fragrance têtue autant qu'intime. Ce premier été de Paris fut aussi celui de ce qu'elle nommerait plus tard la leçon de corps. Gabriel avait plus de trente ans, elle ne saurait pas son âge ; il était né en Australie de parents américains et universitaires, avait vécu à Hawaï, en Malaisie, en Nouvelle-Zélande, et achevait à Paris un périple européen ponctué de haltes consacrées au renflouement des caisses, à l'apprivoisement des idiomes locaux et à l'immersion totale en milieu féminin. Elle apprit la géographie. Long, sec, brun, le cheveu raide et doux, romain de profil, il ne posait pas de questions et n'en suscitait pas. Il logeait dans le quartier chinois, était veilleur de nuit dans un hôtel du septième arrondissement très prisé par une clientèle américaine cossue, sillonnait Paris en marathonien flegmatique et tomba sur Claire à la laverie dans la torpeur du premier dimanche de juillet. Il sut, le temps d'une lessive, solliciter ses conseils pour le déchiffrement des consignes de lavage et témoigner sa stupéfaction devant la blancheur de sa peau. Servi par un accent irrésistible, son français efficace quoique sommaire fit le reste. De souples horizons s'ouvrirent à Claire; laquelle ne s'étonnait pas de le trouver à son retour de la banque, assis, rassemblé, jambes croisées, les yeux clos, sur le petit muret de béton qui jouxtait son immeuble. Il la suivait dans la chambre. Il disparaîtrait dans la nuit tiède vers son lointain septième. Il ne fallait pas l'attendre; il ne fallait d'ailleurs pas attendre, de manière générale, dans la vie; faire sans attendre, faire mais pas attendre. Il disait ces choses, et d'autres encore, que Claire n'était pas certaine de comprendre tout à fait. Il parlait peu et aimait l'écouter, elle, lui lire du français, à peu près n'importe quoi, une traduction de Tite-Live, Balzac, Laclos, ou un article de *Paris-Match*, qu'il achetait parfois, renouant sans le savoir avec un usage solidement établi chez les parents de Claire dans la ferme dont il ne connut pas l'existence. Il appelait ces lectures la cérémonie; allongé sur le lit étroit, il regardait le profil de

Claire penchée dans le rond de la lampe et fumait de courtes cigarettes sucrées. Le 26 août, un mardi, il déploierait sur elle une robe très rouge, éclatante et fluide, qui serait une manière d'adieu. Des années plus tard, découvrant au cinéma, à l'occasion d'une rétrospective consacrée à Dustin Hoffman, le c'est un beau jour pour mourir de *Little Big Man*, elle penserait à ce Gabriel et au fantôme d'un lointain aïeul indien qui eût hanté en silence les rues de Paris vidées par l'été.

À la bibliothèque de la Sorbonne, parmi les magasiniers affairés à procurer aux étudiants les livres dont les cotes avaient été au préalable inscrites sur des fiches cartonnées, Claire avait un pays ; elle avait adopté à son endroit ce singulier usage du mot pays qu'il avait employé la première fois pour lui parler et la désigner à ses collègues, s'exclamant à la cantonade que cette étudiante-là venait de chez lui, du même pays, de son coin du Cantal, d'une commune voisine, dans le même canton, les familles se connaissaient, sa plus jeune sœur, à lui, avait dansé au bal avec son frère, à elle, c'était quand même incroyable de se retrouver là, dans cette bibliothèque où on voyait tant et tant d'étudiants, qui ne venaient jamais du Cantal et du cul des vaches pour apprendre le grec et le latin. Sur ces fortes paroles il avait ri, rouge et rond, saisi d'une irrépressible bouffée de fierté, expliquant, avant de repartir dans les entrailles des magasins, que sa mère et sa sœur Chantal, qui était factrice et savait tout sur tout le monde, le lui avaient assez répété, il y avait une fille du coin, une fille de paysans, son frère et ses parents faisaient deux fermes, qui étudiait à la Sorbonne, dans sa bibliothèque, il devait bien la connaître. Sa mère et sa sœur ne pouvaient pas imaginer comment c'était ce travail de magasinier à la bibliothèque, à transporter des livres toute la journée, du matin au soir, pour des étudiants qui avaient l'habitude d'être servis, ne disaient pas souvent merci et ne les voyaient pas, eux, les petites mains, les arpètes en blouse bleue, véloces en coulisses et imperturbables de l'autre côté du guichet. C'était pas le Bibliobus de Marchastel ou la bibliothèque de Riom, il en défilait du monde, on n'en connaissait qu'une poignée, ceux qui avaient un mot gentil, ne s'impatientaient pas, et riaient même avec eux en attendant la livresque pitance. Il avait retenu le nom de cette étudiante, qui était courant dans ce coin du Cantal, et l'avait péniblement déchiffré, un mardi de novembre, sur une fiche chargée d'une écriture hérissée de nœuds touffus, tendue sur le papier comme une clôture de fils de fer barbelés. Il le lui avait dit d'ailleurs, cette première fois, qu'elle écrivait comme une brute, et qu'il fallait bien venir du même pays qu'elle pour la lire ; et de la tutoyer, et de s'exclamer qu'en huit années de travail à Paris, il en avait à peine connu trois qui venaient du Cantal, une de Saint-Flour et deux d'Aurillac ; là-bas, ceux qui étudiaient allaient tous à Toulouse ou à Clermont. Il demandait la mutation pour Clermont, depuis huit ans, et il finirait bien par l'avoir, dans deux ou trois ans, ça serait la belle vie, avec ses deux frères qui étaient chez Michelin ils passeraient la semaine en ville et le week-end direction Allanche et le Bru, sur le plateau au-dessus de Massiac, d'où sortait sa mère, elle y avait gardé une maison, une de ses tantes tenait la supérette de la grande rue à Allanche. Il était lancé ; enthousiaste et précis, il eût poussé la généalogie en ses ultimes retranchements si d'autres étudiants, indifférents et pressés, n'avaient réclamé leur dû. Claire avait assuré qu'elle connaissait tout ça, et qu'elle reviendrait à un moment plus propice ; elle savait maintenant qu'il était là, au guichet D. Assise devant la table de bois blond lustrée par l'usage, prise dans l'orbe de la lampe verte, elle avait dû laisser retomber au fond d'elle, et retourner au silence, les échos soulevés par cette voix, cette façon de dire, ces noms prononcés, noms de personnes et noms de lieux, qui, pour elle, depuis plus d'un an, n'avaient de place, leur place, que là-bas, de l'autre côté du monde, où elle avait commencé d'être et n'était plus, ne serait plus. Pour la première fois, avec ce garçon, cet homme plutôt, il devait approcher la trentaine, le front déjà dégarni, quelque chose s'était incarné qui lui serrait la gorge, le ventre, et réclamait d'elle un travail muet d'ajustement, de raccord. Elle sentait cela seulement, et n'aurait su le dire. Les mains posées à plat sur le dictionnaire de grec qu'elle n'ouvrait pas, elle avait attendu. Elle retournerait au guichet D, elle apprivoiserait et apprendrait à aimer et rechercherait cette singulière émotion suscitée en elle par l'apparition d'un corps, d'une voix, de paroles exhumées du monde premier, ancien, antédiluvien, et voué, à ce titre, à la mort lente de ce qui a trop vécu, trop duré, trop servi, trop tenu et s'est usé à force d'être. Elle reverrait Alain à intervalles réguliers, pendant cette année-là et la suivante, celle de la licence, avant qu'il ne lui annonce, triomphant, la mutation enfin obtenue pour Clermont-Ferrand. Chaque fois la mince chronique de là-bas ferait tout leur entretien, les rigueurs de l'hiver, les fluctuations du cours du lait ou de la viande, les élections locales, une palpitante série d'incendies de granges inexpliqués, la transformation d'un tronçon de l'ancienne voie ferrée, désaffectée, en attraction touristique. Elle remarquerait la constante propension d'Alain à écarter les nouvelles fâcheuses, les suicides de paysans acculés ou les accidents graves de voitures qui massacraient à la sortie d'un bal toute une brassée de jeunes gens assommés de boisson. Il s'étonnerait sans fin de la savoir inscrite sur les listes électorales à Paris et rivée, pendant les mois de juillet et d'août, à un guichet de banque citadin alors que sa famille eût assurément trouvé à l'employer pour les gros travaux d'été dont il faisait, lui, son régal saisonnier, ne manquant pas une occasion de se multiplier dans les prés, les étables, ou les granges, tout lui était bon, chez des parents de diverses farines, sœurs et beaux-frères, oncles esseulés, ou cousins accablés de besognes homériques et d'emprunts qui ne l'étaient pas moins. Il trouvait aussi qu'elle ne s'amusait pas assez, il disait faire la bringue, pour une fille de vingt ans qu'elle n'aurait jamais plus. Il insistait, et les fêtes patronales alors, c'était l'occasion de rassembler ceux qui étaient restés et les autres qui se trouvaient parfois fort bien d'être partis mais ne pouvaient s'empêcher de revenir respirer l'air cru des terres d'enfance entre deux goulées éventuelles de vacances plus sucrées. Elle prendrait avec Alain la mesure d'une distance déjà creusée entre elle et ceux qui, comme lui, continuaient de vivre à l'unisson des parents et amis demeurés à l'épicentre du séisme, fichés à leur juste place dans un monde qu'il s'agirait de rallier après un temps de purgatoire plus ou moins long accompli en une terre étrangère où les nécessités économiques vous avaient exilé. Alain s'était mis entre parenthèses, il ne trahirait pas, il ne se donnerait pas, il se prêtait seulement au jeu de l'ailleurs qui vous prend et ne vous rend pas, vous fixant dans un pays d'emprunt sous prétexte de liens conjugaux et autres sirupeux et implacables arrangements familiaux. Claire écoutait Alain, opinait, et donnait la réplique, se surprenant à retrouver, dans ses façons de dire, des tournures dont elle n'avait plus l'usage dans sa vie nouvelle et seconde ; mais elle sentait, plus qu'elle ne savait, que quelque chose était perdu, avait été quitté qui ne relevait pas du lumineux paradis des enfances ; il n'y avait pas de paradis, on avait réchappé des enfances ; en elle, dans son sang et sous sa peau, étaient infusées des impressions fortes qui faisaient paysage et composaient le monde, on avait ça en soi, et il fallait élargir sa vie, la gagner et l'élargir, par le seul et muet truchement des livres. Comme on fait son lit on se couche, elle connaissait l'adage pour l'avoir entendu fuser maintes fois à propos de tel ou tel intrépide qui, s'étant risqué hors des sentiers plus ou moins battus et rebattus, mordait la poussière sans se résoudre encore tout à fait à venir à résipiscence.

Les affres traversées étaient commentées dans les familles, on ne refusait pas de tendre une main secourable ou d'épauler longuement les téméraires, mais la trajectoire des uns et des autres, quand elle se faisait définitive, au décisif tournant de la quarantaine, finissait toujours par être mesurée à l'aune de cette courte et robuste sagesse que l'on dit populaire comme pour en arrondir les contours anguleux. À Paris Claire jetait chaque jour ses jeunes forces dans la lutte des études qui étaient sa guerre. Alain, son pays, était le témoin incongru de cette empoignade feutrée ; il s'étonnait de l'austérité manifeste d'une vie dont l'horizon d'attente lui échappait alors qu'il en connaissait les contours initiaux, lesquels consistaient en une poignée de noms de lieux, de personnes, de rituels et de travaux qu'ils ne se lassaient pas, l'un et l'autre, d'évoquer en un sabir fervent réservé à leurs conciliabules. À son pays Claire pouvait raconter, entre deux fiches de prêt, comment dans le quartier chinois elle entendait chanter les coqs reclus que des restaurateurs industrieux élevaient à l'étroit, à des fins culinaires, dans des courettes dérobées aux regards indiscrets ; il ne lui manquait plus, certains matins, que le braiment intempestif de l'âne voué chez ses parents au transport du lait de l'étable, on disait l'écurie, à la laiterie, pour se croire revenue en des temps révolus dont elle n'avait d'ailleurs pas la nostalgie. C'était autre chose, qui n'avait pas de nom, une féconde incomplétude et une grammaire intime très indéchiffrable. Les coqs chinois et l'âne du Cantal amusèrent Alain, on cultiva ces connivences mais jamais on n'inventa de boire un verre à la sortie de la bibliothèque ni de se retrouver là-bas, au pays, à la terrasse d'un café de village aux alentours du 15 août. D'ailleurs Claire n'allait pas au café, Claire ne se divertissait pas, elle ne savait pas le faire et elle n'en avait pas besoin.

Pendant sa première année à l'université, elle n'eut pas de camarades, encore moins d'amis, tout au plus croisa-t-elle ce que l'on eût, en des temps plus protocolaires, appelé des condisciples. Le choix conjoint du grec et du latin semblait être en effet, à de très rares exceptions près, le noble apanage de jeunes filles en majorité pâles et compassées, aux cheveux domestiqués en carrés parfois agrémentés de serre-tête discrets en velours noir ou cramoisi. Deux sœurs jumelles portaient même la natte longue, mordorée, sur des pulls à col rond en maille fine vert sombre ou bleu marine; des kilts en drap cossu battaient leurs mollets secs gainés de collants couleur chair et elles n'avaient pas de seins. Elles promenaient dans les couloirs de la Sorbonne des cartables pansus, boucanés, dont Claire avait aperçu à plusieurs reprises les trois compartiments intérieurs rangés avec une étourdissante minutie. Livres, cahiers, carnets, trousse plate et autres instruments nécessaires à l'étude y avaient une place à l'évidence assignée pour l'éternité, et les mains des deux sœurs de Vigan semblaient trouver là leur naturel écrin, effleurant les choses plus qu'elles ne les saisissaient, précises et efficaces dans leurs moindres gestes, silencieuses, hiératiques en leur maintien autant que souveraines en version latine. L'intérieur velouté de ces cartables, leurs cuirs fermes et denses rappelaient à Claire la fascination qu'elle avait nourrie, dans son enfance, pour la serviette du docteur Delors, intrépide praticien qui présidait à la fois aux destinées médicales et électorales de la contrée. La serviette plantureuse s'ouvrait avec onction sur des instruments mystérieux ; le docteur avait les mains douces ; surgissait-il dans les cuisines jaunes et les chambres fort peu chauffées que les miasmes reculaient aussitôt, la maladie infantile se trouvait jugulée, le café était bu, et le prochain bulletin de vote assuré. Les serviettes des sœurs de Vigan et celle du docteur Delors étaient en famille, comme on le disait de personnes reliées par une parenté vague et néanmoins vivace. Claire le sentait et l'inventait, déroulant le film à son corps défendant ; Louise et Isabelle de Vigan eussent pu être les nièces parisiennes de cet homme imposant et providentiel, veuf inconsolable et père de famille exemplaire auquel on concédait un lien fort excusable bien que peccamineux avec une gouvernante robuste et suisse, dotée d'un accent teuton, établie en ses murs pour veiller sur l'éducation de ses trois fils. Claire savait par ses parents que ces jeunes gens avaient tous trois entrepris à Paris de solides études de médecine et de droit. Dans le bus elle se surprenait parfois à flotter au fil de vagues rêveries qui rassemblaient en de champêtres épousailles la parentèle compassée, dûment briquée, nattée, chapeautée et gantée des demoiselles de Vigan et tout ce qu'elle connaissait depuis l'enfance de notables bien vêtus empressés à veiller, entre cabinets

67

médicaux et offices notariaux, aux affaires de son canton natal. Au pensionnat, elle avait côtoyé les filles et les fils de ces familles établies, externes ou demi-pensionnaires à la vêture soignée, dégagés d'allure, de maintien et de langage, comme ne l'étaient pas la plupart des enfants de paysans pensionnaires que des autobus vaillants extrayaient chaque lundi matin des hameaux et bourgs plus ou moins infimes où ils avaient suivi leurs humanités primaires. Elle se souvenait de ces cours du lundi, empesés de sommeil, après un lever très matinal et deux heures d'hébétude cahotante sur des routes départementales qui sinuaient dans des paysages que l'on ne voyait plus à force de les connaître. De la seconde à la terminale, elle avait ferraillé d'abondance et sans merci avec un impétueux fils de dentiste qui ne voulait pas concevoir qu'une paysanne massive, nantie de vastes lunettes et d'un nez important, s'obstinât à lui disputer la suprématie en mathématiques et en français, voire en versions anglaise et latine ou, à l'occasion, en histoire-géographie. La fâcheuse eût-elle été jolie, ou seulement accessible à une quelconque forme de séduction ludique, que l'on eût pu s'arranger entre gens de bonne compagnie, mais le déplorable esprit de sérieux qu'elle manifestait en toutes choses ne laissait aucune prise. On se heurtait à du rogue, de l'obtus, du brut, assommante posture dont s'irritait même à l'occasion l'abbé Leclerc, impavide quadragénaire au bleu regard qui dispensait ses lumières à des classes béates, et ne manquait pas une occasion de signifier à Claire, finement surnommée mademoiselle Nihil, son manque d'élégance et de légèreté.

Claire n'en avait pas moins aimé l'insularité du pensionnat et goûté ces joutes où elle trouvait un exutoire idéal à son âpreté native. Paris et la Sorbonne étaient un autre territoire, neuf et sauvage, peuplé de créatures étranges au nombre desquelles elle ne distingua de prime abord que la plus spectaculaire, en l'espèce un échalas blond, bleu et rose, prénommé Jean-René, dont la mise, les intonations, et les poses affichaient assez l'orientation sexuelle. Le rire haut juché de Jean-René couvait, fusait, éclatait, cascadait ; Jean-René savait ; alerte et précis, dégagé, il caracolait sans ambages entre latin, grec, littérature française et allusions judicieuses à Cervantès, Goethe, ou Dante dont Claire découvrait à la fois les noms, nationalités et titres de gloire. Assommée, croulant sous les références brandies par Jean-René et plébiscitées par le chœur unanime de sa garde rapprochée et des professeurs, elle parcourait d'un œil ahuri la succincte notice du *Larousse* ou du *Robert* et, la peur au ventre, s'appliquait à ne pas penser à ces gouffres qui, chaque semaine, quand ça n'était pas chaque jour, s'ouvraient sous ses pas d'étudiante besogneuse. Jean-René et sa poignée de fidèles savaient des littératures et des langues étrangères, ils lisaient dans le texte ; ils n'ânonnaient pas, eux, de précaires rudiments d'anglais ; ils n'avaient jamais cru, eux, que la littérature commençait avec le latin et le grec ; ils avaient toujours su, eux, que Stendhal s'appelait Henri Beyle ; ils lisaient *Le Monde* et relisaient Proust entre deux goulées voluptueuses de Barthes ; ils jugeaient le dernier Molière du Français obsolète et poussiéreux mais se régalaient à l'Odéon, voire à Chaillot, ou en d'autres officines plus confidentielles que Claire ne situait même pas dans Paris. Des noms cinglaient, flottaient, étaient tour à tour vilipendés ou encensés, qu'elle entendait, saisissait plus ou moins et ruminait dans le bus du retour vers la chambre chinoise. Jean-René et sa cour avaient une vie culturelle, on le comprenait ; les professeurs en avaient une aussi, pas forcément la même ; des points de confluence existaient cependant et faisaient l'objet de sous-entendus rares mais récurrents qui laissaient les autres étudiants pantois, dubitatifs, indifférents ou irrités quand la connivence devenait trop manifeste. Claire ne voyait pas les autres étudiants, elle ne voyait que Jean-René et ses affidés à qui les royaumes chatoyants du théâtre, du cinéma, de la peinture, de la danse ou de la musique étaient échus en partage. Elle sentait qu'étaient célébrés, en des empyrées dont elle ignorait tout, des rituels qui mettaient les initiés en état de manifeste incandescence. Elle happait des échos et s'appliquait à ne penser à rien d'autre qu'au programme, à s'en tenir à ce qu'elle connaissait, la discipline et le travail, sans oser la moindre incursion dans les mondes intriqués et menaçants qui grouillaient aux entours. Elle ne se risquait pas, elle ne s'aventurait pas, elle ne posait pas de questions, elle ne faisait aucune tentative, elle habitait le fortin de sa peur en sentinelle gaillarde et sommaire. Il fallait toutefois en sortir, à intervalles réguliers, pour la redoutable épreuve des achats en librairie. Un tel afflux de livres, rassemblés au même endroit, éventuellement sur plusieurs étages, la privait de tout discernement ; c'était trop de tout, et tout à la fois, d'un seul coup. Les livres qu'elle n'avait pas lus, ceux qu'elle ne lirait jamais, et ceux, perfides entre tous, qu'elle aurait dû avoir déjà lus, auparavant, dans les lointaines années de sa première vie, tous les livres étaient là, en bataillons réglementaires, en régiments assermentés, offerts et refusés, gardés par des créatures minces et bien vêtues qui faisaient, à l'entrée des rayons, barrage de leurs corps policés et dont la carnation distinguée semblait emprunter à la matière même des ouvrages les plus précieux. Claire, sitôt franchi le seuil fatidique, se défaisait, se liquéfiait, lamentable et démontée. Elle balbutiait des références inaudibles que la créature préposée daignait écouter, laquelle créature se révélait infaillible, élucidait le galimatias et, sans honorer la suppliante d'un regard, désignait d'un geste le livre quémandé qui reposait là, juste là, devant, devant vous, devant elle, là, en piles, sur la table des œuvres au programme. Les livres coûtaient cher et elle en achetait le moins possible, se limitant aux manuels fondamentaux et aux textes de littérature française, latine ou grecque. Elle empruntait en bibliothèque les ouvrages de glose auxquels elle n'entendait le plus souvent à peu près rien, en dépit de ses lectures opiniâtres, crayon en main, en dépit des fiches hérissées de citations qu'elle tournait retournait triturait malaxait ; elle s'obstinait, têtue, et les formules exégétiques résistaient, abstruses ; elles ne s'ouvraient pas, ne lâchaient rien, ne lâcheraient rien de leur suc, de leur fine ambroisie. Elle pensait à d'autres formules que ressassait le père ; c'était pas du rôti pour elle, elle était le crapaud monté sur un pot de sucre tandis que les vrais étudiants, les légitimes, s'ébattaient à l'envi dans les grasses prairies de la pensée comme des rats dans une tourte. C'était front à front, ça durait, elle avait mal au ventre, elle avait sommeil, elle s'endormait sur Barthes. Barthes surtout la terrassait, à la fin elle rendait les armes, et le livre, ou la revue ; parfois elle photocopiait l'article de la revue, tant elle redoutait de s'égarer, pour une consultation ultérieure, pour une prochaine confrontation, dans le subtil dédale des numéros, des années, des semestres, des trimestres, des livraisons. Les fiches et les photocopies feraient corps étrangers et reposeraient entre elles, classées dans le tiroir de son bureau, celui du bas, le troisième, qu'elle avait fini par leur réserver, répugnant à les mélanger avec les textes eux-mêmes, et les notes de cours consignées sur des copies grand format à petits carreaux qu'elle saturait d'une graphie invraisemblable, et les dictionnaires compatissants, et les pointilleuses grammaires, et les cahiers de traduction, brouillons souples dociles accommodants propices aux recommencements et frappés en leur verso, comme à l'école primaire, de l'immuable table de multiplication. Elle tenait en suspicion ce troisième tiroir concédé aux articles, elle n'aimait pas l'effleurer du regard, comme si, en vertu d'un principe actif de capillarité maligne, son contenu eût menacé de contaminer les textes et les manuels qui, devenus à leur tour hostiles, se fussent refusés à ses constantes avances. À la fin de la première année, à la faveur de cette poignée de journées flottantes qui séparent les derniers cours des premiers examens, Claire eut avec l'éblouissant Jean-René un unique entretien. Elle sortait de la bibliothèque et s'appliquait à dérouler mentalement le calendrier serré de ses révisions exhaustives. Elle ne voyait pas la lumière de mai, son ruissellement sur les façades ouvragées de la grande cour intérieure, elle ne voyait pas la coulée douce du soir à venir; elle n'avait pas vu Jean-René. Il était seul, occupant de toute sa longueur féline l'un des trois bancs de pierre que nimbait le soleil jaune. Il s'était levé, il l'avait appelée, son prénom à elle, le sien, avait claqué dans l'air très doux, il avait été devant elle et avait dit, en la regardant aux yeux, qu'elle avait tenu la semaine précédente dans son exposé sur *Manon Lescaut* à peu près les seuls propos sensés et nécessaires que l'on eût entendus de toute l'année en ces murs augustes sur un texte littéraire et sur la littérature. Il l'avait dit comme ça, mot après mot, le texte littéraire et la littérature, nécessaire et auguste, d'une voix presque sourde, les yeux plus gris que bleus, outremer, elle avait pensé à ce mot, outremer; elle avait pensé aussi que Jean-René n'était plus rose, pas rose du tout, il était transparent, ou écorché, et comme très nu dans la cour vide. Il sentait la menthe froissée, elle voyait battre à son cou une veine affolée. Ils avaient marché, elle l'avait suivi, dans des rues, et ensuite dans un cimetière immense où étaient enterrés des écrivains. Elle avait reconnu dans les paroles de Jean-René le nom de Sartre, mais on n'irait pas sur des tombes, on ne faisait pas un pèlerinage. Elle ne comprenait pas tout ce que disait Jean-René, elle comprenait surtout qu'il écrivait, lui ; il ne voulait que ça, écrire, et lire, et rien d'autre. Lire écrire c'était comme respirer, inspirer expirer, de tout le corps. Il pouvait vivre comme ça, il avait beaucoup de chance, il le savait, un métier des examens gagner sa vie, il n'avait pas besoin. Il écrivait depuis toujours, il avait toujours fait ça, depuis qu'il avait su former les lettres, avant même l'école où il n'était pas beaucoup allé parce qu'il avait suivi ses parents qui voyageaient partout dans le monde. Il avait posé des questions, plusieurs, précises. Elle avait répondu, elle s'était entendue répondre, le Cantal le pensionnat Saint-Flour la ferme, et elle n'avait pas reconnu sa voix. À la fin, le cimetière fermait, les sifflets des gardiens striaient l'air comme jadis les hirondelles enivrées au sortir de la grange, on s'enfonçait dans le soir. Jean-René avait dit qu'il partait le surlendemain pour Tokyo où vivaient depuis deux ans son père, Son Excellence, il avait insisté sans sourire sur les majuscules, sa mère, sa grand-mère, sa sœur Albane, sa dynastie nomade ; il ne passerait pas les examens, il n'était d'ailleurs pas inscrit, il avait eu une sorte de dispense pour suivre les cours. Il l'avait reconduite au métro, avait lâché qu'elle était un personnage de roman, et la lumière l'avait avalé. Elle était rentrée, elle ne savait pas comment, elle avait dormi, tout de suite, longtemps. Le lendemain elle avait douté que ces heures eussent vraiment existé, elle s'était appliquée à ne pas penser, elle avait travaillé et elle s'était enfin sentie presque tranquille. Très vite, à la sortie des écrits et au moment des oraux, on remarqua l'absence de Jean-René. Personne ne savait. La garde rapprochée parlait de maladie brutale, de deuil, on affichait des mines ravagées, il y eut des pleurs, des querelles intestines, des scissions subtiles. On se sentait abandonné, répudié. Un suicide dans une chambre d'hôtel à Naples fut donné pour certain. Jean-René devenait une légende.

Il y eut aussi Véronique, qui tenait au demeurant le spectaculaire Jean-René pour un histrion mythomane et calamiteux. Brune et ronde, vive de parole et volontiers assassine, elle fut la voisine de Claire dès les premiers cours de grec et s'étonna, à la faveur d'une question qu'elle lui posa sur le lycée fréquenté les années précédentes, de la savoir venue de si loin et fraîchement émoulue de sept années de pensionnat religieux. À cette réclusion prolongée, qu'elle supposa éprouvante, Véronique s'empressa d'attribuer, faute d'explications adéquates, l'évidente singularité de cette étudiante à la fois discrète, voire effacée, et frénétique dans le travail. Fille unique d'un couple d'instituteurs de Fontainebleau, elle était romanesque et supputa des secrets, tenta des approches, parla de ses quatre grands-parents paysans à la retraite en Ariège, dans une commune minuscule de la vallée d'Ax où vivaient force tantes, oncles, cousins et cousines qu'elle retrouvait au mois d'août ; les jeunes étudiaient à Toulouse ou à Bordeaux et ne se fussent pour rien au monde exilés au nord de la Loire. En février, Véronique proposa une séance de cinéma ; éconduite, elle récidiva en avril avec une sortie en forêt, arguant que la nature, c'était son mot, dont Claire n'usait jamais, devait lui manquer. Les bois avaient été le terrain de jeu de Véronique depuis la petite enfance et commençaient à deux pas de la maison de ses parents où la chambre d'amis était toujours prête. Claire se surprit à accepter une invitation pour le lundi de Pâques ; l'escapade s'accompagnerait d'une orgie de grec que Véronique découvrait avec cette boulimie joyeuse qu'elle apportait à l'étude de toutes les langues, pourvu qu'elles fussent rares, anciennes, déjà mortes ou, mieux encore, menacées d'imminente extinction. Elle suivait aux Langues orientales, dont elle parla à Claire en la supposant éclairée sur la question, un cursus tortueux qui l'écartelait entre les subtilités du finno-ougrien supérieur et les affriolants mystères du chinois de la cinquième dynastie. Les parents de Véronique accueillirent Claire avec effusion, s'émurent de la savoir si éloignée de ses bases familiales, et la complimentèrent d'abondance sur ses succès répétés dans l'étude forcenée du grec, succès dont leur Véronique faisait grand cas en ancienne bonne élève habituée à occuper, du moins dans les matières qu'elle avait élues, un premier rang dont Claire lui disputait le privilège. Véronique et ses parents constituaient un attelage tonitruant, père et mère épousant les engouements de leur fille, portant aux nues monsieur Jaffre et son manuel, psalmodiant des listes de vocabulaire, triturant des thèmes et des versions, et mitonnant avec zèle, pour le prochain mois de juillet, un périple dans les Balkans qui procurerait assurément à l'intrépide trio la grâce de recueillir *in situ* les ultimes soupirs d'un dialecte très moribond porté aux nues par Véronique et les linguistes affûtés dont elle avait fait ses mentors. Claire écouta beaucoup, répondit fort peu et osa confesser son ignorance de l'existence même des langues évoquées dans la conversation comme de vieilles parentes à la santé chancelante, oubliées dans un coin de province et qu'il s'agissait de visiter avant l'échéance fatale. Transportée, à moins d'une heure de Paris, en une contrée peuplée de créatures déconcertantes autant que volubiles, Claire découvrit aussi la forêt d'Île-de-France, limpide, docile, élégante, quadrillée d'allées cavalières, giboyeuse quoique cernée d'habitations et d'habitants, aménagée, arpentée, policée. Les arbres altiers, dont les plus notoires s'enorgueillissaient d'un nom, d'un pedigree, voire d'une légende que Véronique lui assena avec gourmandise, lui demeurèrent étrangers. Tant de faste et de verticale munificence heurtait ce qu'elle gardait en elle d'organique connivence avec les hêtres et les frênes du pays premier. Elle n'eût pas su le dire et ne le dit d'ailleurs pas; elle posa sa main ouverte sur des écorces diaprées, s'adossa à des troncs vénérables, embrassa de l'œil les perspectives chatoyantes des sous-bois noyés de lumière neuve, mais ce paysage se refusait à elle, ou elle se refusait à lui; il n'y aurait pas, il n'y eut pas de rencontre en dépit du généreux truchement de Véronique qui confessait son besoin de toucher terre, chaque fin de semaine, dans ce qu'elle appelait son pré carré, sans soupçonner à quel point ce mot de pré avait pour Claire un sens tout autre nourri de besognes réitérées au long cours des étés d'enfance. Le retour des bois fut musical, c'était la cérémonie hebdomadaire, Véronique l'avait annoncé, on communierait à la muette autour d'un thé choisi, servi chaud ou glacé, selon la saison, par le père qui déployait à l'attention de ses dames chères un luxe de gestes suaves et silencieux tandis que la Callas, prêtresse majuscule, s'évertuait, répandue, inqualifiable et difficile. C'est du moins l'impression majeure qu'en retira Claire, abasourdie par cette exécution en règle ; l'air était grand, et italien ; Véronique et ses parents se taisaient dans le silence qui suivit l'éruption ; on se rhabillait, quelque chose qui resterait engorgé sous les mots avait été nu dans la pièce tapissée de livres, et une femme avait crié. Claire ne poserait pas de questions, n'oserait pas, on ne lui en poserait pas non plus. Le bel unisson de Véronique et de ses parents la stupéfia tout autant que l'implacable agencement des sous-bois franciliens. Elle fut invitée à revenir mais ne revint pas après que, le long intermède des grandes vacances ayant distendu ce lien ténu, Véronique elle-même lui donna le coup de grâce en s'éprenant d'un sculptural étudiant grec, un miraculeux Jason aux yeux verts qui trouva à Fontainebleau douillette pension, répétitions intensives de français et promesses d'inépuisables félicités charnelles, musicales, linguistiques et familiales. On se saluait de loin en loin ; la beauté de Jason intimidait Claire et mettait en transe le paisible gynécée des étudiantes de lettres classiques où Véronique détonnait aussi, à sa sémillante façon.

Claire comprit des années plus tard qu'elle avait disposé à Coutances, dans la maison et la famille de Lucie, des puissants recours que Véronique inventa à Fontainebleau pour son glorieux Jason. Les débuts furent approximatifs tant certains usages lui semblèrent exotiques, dont, au premier chef, le vouvoiement qui était de rigueur entre les parents de Lucie. Lucie et ses frères disaient leur mère dévoyée par lascive passion et fourvoyée par active compassion. Aristocrate mésalliée par amour, elle avait épousé à dix-neuf ans un roturier qui avait le double de son âge, vingt centimètres de moins qu'elle, une santé capricieuse, des rondeurs de bon vivant, une calvitie héréditaire, une fortune qui ne l'était pas moins, et l'irrésistible don d'être pleinement au monde. Trente-deux ans, six enfants et quelques petits-enfants plus tard, Antoinette Marie de Franchey de Mortemart épouse Jaladis vouait à son Armand une entière et irrévérencieuse dévotion dont se gaussait volontiers sa fille, non moins empressée auprès de ce père insigne, ne l'appelant jamais autrement que Père Caen sous le solide prétexte qu'il avait exercé dans cette ville sa profession de magistrat et mesurant à son aune tous les hommes, jeunes et moins jeunes, qui s'épuisaient à attirer son attention. Une certaine façon d'être ensemble, de dresser un bouquet, de porter des bottines à boutons, de recourir pour une vérification impromptue au *Littré* dont les volumes entoilés avaient beaucoup vécu, ou d'improviser une infaillible mayonnaise en récitant Corneille ou Aragon, tout, chez les parents de Lucie, trahissait une aisance qui semblait à Claire son exact envers. Elle sentait qu'ils n'avaient pas peur, ils étaient revenus de ce pays, ou ils ne l'avaient pas connu. Lucie l'ayant choisie, elle fut adoubée et on lui laissa le temps d'améliorer ses manières de table. On goûta d'emblée sa façon de se taire et ses interventions précises et singulières. Ses affinités avec le subjonctif plus-que-parfait firent merveille auprès du père tandis que la mère s'enchanta de la voir ébranlée par la découverte de Bach. Il ne lui était pas tout à fait inconnu ; elle avait au pensionnat chanté pendant trois ans dans un chœur dont le répertoire lui avait ouvert des horizons, mais chez Lucie on vivait avec Bach, ça venait de loin, des deux côtés, et on racontait à l'occasion comment Antoinette Marie avait eu raison d'un Armand peu soucieux de renoncer à sa polygamie fondamentale par une interprétation très personnelle de la troisième *Suite pour violoncelle*, qui n'était pourtant pas un morceau de demoiselle. Claire ne savait pas ce qu'était un morceau de demoiselle, ni une suite, ni même un violoncelle qu'elle eût volontiers confondu avec un violon avant d'entendre et de voir la mère de Lucie étreindre le sien. Elle ne s'attendait à rien et surtout pas à ça, à ce corps à corps qui la remplit d'abord de confusion, elle aurait voulu fermer les yeux, elle était aimantée, quelque chose remuait en elle qui lui donnait envie de pleurer. Les frères de

Lucie prétendaient que leur mère avait recruté un amant de taille, roux et fort encombrant, bien avant de s'inventer un mari ; lequel, depuis plus de trois décennies, poussait la complaisance conjugale jusqu'à jouir en public des infidélités de son épouse. Le dimanche matin était le faste moment des *Cantates* qui éclataient dans un salon dit de musique que Claire avait d'abord pris pour une bibliothèque avant de se rendre compte que les livres étaient partout chez eux dans la maison. La musique de Bach était toute la religion des Jaladis, une sorte de syncrétisme à usage familial qui trouvait sa consécration à l'heure de la sortie de la messe. Étrange corps de bois et de métal, l'appareil qui servait à écouter les disques ne ressemblait à rien de ce que Claire connaissait ; elle avait d'abord pensé au tableau de bord d'un avion. Plus tard, initiée au maniement de l'engin, elle put, avec ou sans Lucie, s'enfoncer jusqu'au vertige dans le dédale des diverses interprétations des *Variations Goldberg* ou du *Clavier bien tempéré*. Pendant près de trois ans, à peu près une fois par mois, Claire accompagna Lucie qui, chaque vendredi soir, après son ultime cours de danse, prenait le train pour Versailles à la gare Saint-Lazare, retrouvait son père, sa voiture féline et la collation préparée à Coutances où l'on n'arriverait pas avant minuit. On roulait dans la nuit, le cuir sombre des sièges était lisse et le parfum des macarons au citron ou au caramel le disputait dans l'habitacle aux rillettes et au saucisson. Armand Jaladis conduisait souplement, tout à la joie fervente, on le sentait, de ces retrouvailles avec une Lucie affamée, diserte et rieuse. Chaque vendredi, il passait deux heures auprès de sa mère dans la maison de santé cossue où, depuis quarante-cinq ans, elle ne se remettait pas de la mort de ses deux aînés, un fils et une fille, des jumeaux de vingt ans, promis à toutes les splendeurs ordinaires du monde et portés disparus après le naufrage inexpliqué au large des côtes du Sénégal du voilier blanc qui les emportait vers le Brésil ; depuis ce 10 juillet on n'avait plus le pied marin dans la famille ; le puîné, dix-huit ans, restait et n'avait pas suffi. Sa mère était perdue, son père se mourait de cancers en cascade ; Armand avait mordu dans le chaud de la vie, étudiant assez de droit pour embrasser une carrière honorable et être dans le monde, dévorant pendant deux décennies des femmes, Proust, Flaubert, Céline, Faulkner, qu'il nommait ses quatre points cardinaux, et quelques autres. Le surgissement, il disait l'apparition au double sens religieux et flaubertien du terme, d'Antoinette Marie et de son violoncelle dans sa vie d'insulaire vertigineux avait rétabli l'ordre cosmique des constellations et il s'était employé, pour le temps qui lui était imparti, à faire maison. Chaque vendredi une femme maigre qui était sa mère l'étourdissait d'une impeccable litanie d'anecdotes où il n'avait pas de place, jonglant avec des prénoms infaillibles qui n'étaient jamais le sien. Elle l'appelait Monsieur et recevait avec tous les égards son fidèle visiteur du vendredi. Lucie vénérait infiniment son père de tenir ainsi tête aux fantômes et, avant son premier séjour à Coutances, avait raconté à Claire la geste des Jaladis qui prenait dans sa bouche de fille aimante des accents de *Légende dorée*. Ses frères et elle ne voyaient pas cette grand-mère que des photos montraient coiffée de chapeaux aériens, dans les albums de famille dont Antoinette Marie s'était faite l'archiviste zélée. À sa propre tribu, exsangue et gourmée, rance et compassée, qui s'épuisait à ne pas lui pardonner son mariage, elle avait substitué, pour assouvir son atavique frénésie généalogiste, la lignée des Jaladis qui, avec et par elle, reprenait impulsion et vigueur. Elle s'enchanta de trouver en Claire une insatiable spectatrice du feuilleton familial ; Claire n'oubliait rien, ne s'égarait pas dans les méandres des alliances et des cousinages, posait les bonnes questions et savait ne pas souligner la ressemblance patente entre Lucie et la jeune fille glorieuse qu'avait été la mère très folle d'Armand Jaladis. À Coutances, dans le jardin d'Antoinette Marie, Claire eut aussi la révélation de Flaubert ; elle avait lu *Madame Bovary* en première, en était restée plus ou moins effarée et ne savait rien encore des émois de Frédéric Moreau quand, un dimanche après-midi, elle entendit Lucie donner lecture à son père d'une histoire de servante qui faisait barrage de son corps entre sa maîtresse et un taureau formidable lancé à la poursuite des deux femmes imprudemment aventurées dans son pâturage au retour d'une promenade. Le taureau, son mufle, sa galopade sourde, les corps éperdus de la maîtresse, ceux de ses deux enfants, Paul et Virginie, la carcasse sèche et dure de Félicité qui avait été placée dans les fermes depuis l'enfance et connaissait les bêtes, tout était là, dans le jardin où l'on prenait le café au bord des pivoines capiteuses. La voix de Lucie montait dans l'air très doux, l'odeur des mottes de terre arrachées par la servante pour aveugler le taureau écumant se mêlait à celle du café. Claire lut dans l'après-midi les trente pages fatiguées du deuxième volume des œuvres complètes de Flaubert dans la Pléiade ; elle reconnaissait tout, le silence et la ténacité, la vaillance et la satisfaction du travail accompli, le char de foin qui tangue dans l'air du soir et la morgue épaisse de l'avoué Bourais. Elle entendait les coups du battoir de Félicité empressée à terminer sa lessive au bord de la Touques après qu'elle eut appris la mort de son neveu Victor embarqué au long cours et terrassé par une fièvre sauvage en un pays lointain dont elle ne pouvait rien deviner. Elle pleura à la fugitive étreinte des deux femmes, servante et maîtresse, enfin embrassées, un jour d'été, devant un placard ouvert où achevaient de se faner les vêtements et autres menues reliques d'une enfant morte depuis des années. Toujours ensuite elle pleura à la relecture d'*Un cœur simple* ; selon la formule du père de Lucie qu'elle osa faire sienne, le récit de la vie de Félicité devint son bréviaire absolu, d'autant plus absolu et d'autant plus bréviaire que cette lecture inaugurale fut accomplie un dimanche sur papier bible dans un volume qui tenait davantage du livre de messe que des éditions de poche d'occasion dont elle se contentait pour les classiques inscrits au programme. Un soir de janvier, un lundi, pendant l'année de licence, Claire était allée au cinéma avec Lucie. Lucie avait insisté, appuyé, sortant le grand jeu, usant et abusant de l'argument paternel qu'elle savait puissant ;

Père Caen avait déjà vu deux fois ce film, et tous les autres de ce réalisateur qui s'appelait Maurice Pialat ; ce film serait au cinéma français ce qu'*Un cœur simple* était à la littérature, carrément, et Van Gogh à la peinture, alors ; d'ailleurs Pialat était allé sur les traces de Van Gogh à Auvers-sur-Oise déjà en 1966 et avait filmé le vent dans les champs de blé, en noir et blanc, alors ; et il avait le don des titres, *L'Enfance nue*, *La Gueule ouverte*, alors ; et il avait de la suite dans les idées, c'était un pugnace rogue, un bourru très merveilleux, alors ; en plus il était né en Auvergne, dans le Puy-de-Dôme certes, mais en Auvergne, à Cunlhat, à vingt-huit kilomètres d'Ambert, alors. L'estocade ainsi donnée et reçue, on avait vu le film dans une petite salle capitonnée de toile bleue où le rire de Lucie fusait en cascades entre les fauteuils incommodes ; deux femmes s'étaient retournées, avaient grommelé, un rire pareil on avait pas idée de gêner les gens comme ça, on était pas au Guignol. Ce mot de guignol était resté, Lucie et Claire en avaient usé pendant des années, le déclinant en verbe, en adjectif, voire en adverbe, l'assaisonnant de suffixes et préfixes variés. La jeunesse et la douleur étaient réfugiées dans ce mot, incrustées enkystées ramassées. Le film n'avait pas fait rire Claire, elle était sortie de la salle muette et assommée, elle avait marché aux côtés de Lucie qui se taisait, et attendait. Ensuite elles avaient pu parler, de la fossette de Suzanne qui était peut-être partie parce qu'elle en avait marre, de la mère répudiée par le père, des repas de famille, de la fin de l'amour et de la tristesse qui durera toujours ; Lucie résistait, il ne fallait pas aimer la tristesse on ne pouvait pas vivre comme ça. Il neigeait dans la nuit froide et Claire sentait le film s'enfoncer en elle comme un coin dans le bois.

Les trois étés successifs que Claire passa, aux antipodes de Coutances, derrière un guichet de banque parisien, lui furent également prétexte à une plongée en des eaux neuves, et la confortèrent dans son souhait raisonnable et têtu d'intégrer le vaste giron de la Fonction publique. Non que le séjour en succursale lui eût été pénible ; au contraire elle y goûta l'infini loisir de recevoir sa ration de tâches quotidiennes, de les exécuter, et de quitter chaque soir à dix-sept heures le théâtre des opérations bancaires avec le sentiment du devoir accompli, l'esprit délesté de la moindre préoccupation liée de près ou de loin à ce travail routinier. Elle comprit en revanche qu'il n'en allait pas forcément de même pour les hommes et les femmes, parfois jeunes, ou encore jeunes, mais toujours plus âgés qu'elle, qui se trouvaient impliqués à des degrés divers dans une logique de carrière et devaient à ce titre se plier à des nécessités qu'elle devinait impérieuses. Sa situation d'étudiante engagée pour l'été la mettait à l'abri d'exigences qui présidaient aux destinées de cette petite dizaine d'employés dont elle eut tôt fait de connaître l'état civil, la situation familiale, le parcours professionnel, voire les origines sociales et géographiques, surtout quand elles n'étaient pas parisiennes. À l'exception du directeur et de son adjointe, chacun prenait volontiers langue avec l'étudiante, ou l'étudiant qui faisait diversion et pimentait à l'occasion ces deux mois d'été où le quartier du Palais-Royal se vidait de la majeure partie de ses habitués et vivait à un rythme singulier, buissonnier et assoupi. Claire succédait à un longiligne angliciste, nanti d'un insondable regard vert dont il avait usé à loisir pour enjôler clientes et clients d'âges mûrs et de confortables conditions, à la seule fin de semer la zizanie, d'arrondir ses fins de mois, et de ridiculiser un père dont il disait volontiers pis que pendre en termes choisis. Les autorités n'en pouvaient mais, en vertu du lien de parenté très direct qui unissait l'encombrant jeune homme et l'un des membres les plus influents de la direction du groupe. Instruite de ce passé passif, Claire supposa que l'on s'était résigné dans cette agence paisible, agréablement située et à ce double titre très convoitée, à hériter pour la saison estivale de jeunes gens à la fois bien nés, intouchables et incontrôlables ; sans doute fut-on soulagé de voir arriver, pour deux mois, une personne fort peu tapageuse, certes dénuée de la charmante désinvolture de son prédécesseur et terne d'apparence, mais qui se révéla prompte tant à la compréhension qu'à l'exécution des tâches et dotée d'une singulière aptitude à écouter et à faire parler chacun et tous dans le huis clos des travaux partagés, sans jamais divulguer un mot de ce que l'on s'était laissé aller à lui confier. Elle étonnait, on s'y attacha, et comme elle n'avait été recommandée par personne, s'étant contentée de postuler avec constance, dès janvier, dans toutes les banques parisiennes susceptibles de rechercher des étudiants pour l'été, on s'ingénia à assurer son renouvellement dans la fonction pendant les deux années suivantes au terme desquelles, nul n'en doutait à l'agence, elle réussirait son concours et, devenue professeur, échapperait à la punition des vacances guichetières. La caissière, la chef du guichet et l'une des chargés de clientèle, toutes dames qui avaient des enfants de son âge, se firent ses diligentes marraines et l'instruisirent des menus secrets du quartier et des contingences de la vie de bureau. Madame Rablot, l'inamovible caissière, lui fut très vite acquise, en dépit d'un naturel ombrageux renforcé par les ordinaires avanies du monde et l'étroitesse manifeste de l'existence qu'elle s'était fabriquée entre un mari représentant en vins et spiritueux, trop enclin à goûter la marchandise, et deux fils très décidés à pantoufler au logis sous prétexte de poursuivre de vagues études et de préparer d'évanescents diplômes dont leur mère peinait à énoncer l'intitulé ronflant. Claire comprit qu'une vie comme celle de Josette Rablot était d'abord mise en coupe réglée par trois heures de transport quotidiennes qu'elle avalait bravement, cinq jours par semaine, pour venir manipuler, encaquée dans sa cahute, sans hargne et sans passion, l'argent des autres. Madame Rablot, Claire ne tarda pas à l'apprendre, était elle aussi fille de paysans, douze vaches à la grande époque, et une poignée de parcelles depuis vingt ans reconverties les unes après les autres en terrains à bâtir ou à aménager dans la périphérie de Limoges. Quand elle se trouvait seule avec Claire, elle lâchait par bribes des images plus ou moins rudes ; on comprenait que ses collègues, plus jeunes, plus déliées, ne connaissaient pas et n'avaient pas à connaître ce qui faisait noyau dans la vie de Josette Rablot. Elle était à cru, sans honte et sans nostalgie. Ses parents étaient morts et son frère aîné, Michel, avait vendu les terres qui n'avaient pas encore fait l'objet d'une expropriation pour la construction d'une rocade ou l'aménagement d'une zone d'activités commerciales et industrielles. Elle étirait à loisir, sans recourir à aucun sigle commode, cette formule très officielle qui avait sonné le glas d'une mince épopée au tournant des triomphantes années soixante-dix. Claire écoutait tandis que juillet flamboyait dans sa gloire de jambes nues, de pieds finement gainés de savantes lanières et de robes plus ou moins minimalistes ; on était au creux de Paris, dans les jardins du Palais-Royal, où, si le temps s'avérait propice, le mardi et le jeudi, Claire retrouvait madame Rablot dont elle partageait le sens aigu du rituel qui rassure et met de l'ordre dans l'écheveau hirsute des choses. Josette Rablot, on en riait plus ou moins autour d'elle, n'aurait pour rien au monde consenti à se soumettre aux prix exorbitants pratiqués avec un bel unisson par les deux traiteurs qui demeuraient ouverts en été dans ce quartier voué aux banques, agences de voyages, boutiques de mode et autres viviers de femmes pressées soucieuses à la fois de leur ligne et de leur image, qu'eût écornée le transport de nourritures confectionnées à la maison. Madame Rablot n'entrait pas dans ces considérations ; elle était robuste de membres, carrée de poitrail et apportait son manger qu'elle avalait posément, sans boire, et dans un ordre immuable, le contenu fort peu identifiable d'une boîte en plastique bleue étant précédé d'un morceau de pain et suivi d'un fruit de saison, le tout entre treize heures cinq et treize heures quarante-cinq sur le troisième banc de la deuxième allée de droite dans les jardins du Palais-Royal d'avril à novembre et, de novembre à avril, à sa place, dos tourné à l'évier et au frigo, face à la porte, dans la petite salle à manger aménagée au sous-sol de l'agence pour les besoins du personnel que ses fonctions subalternes n'appelaient pas à de dispendieux déjeuners professionnels. Prenant ses quartiers d'été, de Pâques à la Toussaint, dans les jardins, qu'elle jugeait par ailleurs poussiéreux et exigus, Josette Rablot bravait sans ostentation les frimas tardifs de mai et les rigueurs précoces d'octobre et s'équipait en conséquence, ciré marron de skaï luisant sur tailleur bleu marine, charlotte de plastique transparent sur permanente acajou, et bottillons de caoutchouc qu'elle conservait dans une boîte à claire-voie, garnie de patins légèrement surdimensionnés taillés dans une serpillière épaisse pour absorber l'humidité éventuelle. Destiné à garantir aux bottillons noirs les meilleures conditions de conservation entre deux usages, l'ingénieux dispositif, bien que dissimulé dans les tréfonds du casier personnel de madame Rablot, n'avait pu tromper la vigilance de ses collègues, qui le surnommaient le clapier. On riait de ses manies, elle le savait, et ne s'en offusquait pas, gardant des façons et un sourire hiératiques qui avaient fini par en imposer et lui valaient une sorte d'aura renforcée par sa qualité de doyenne. On s'étonna de la voir se laisser approcher ainsi par Claire alors qu'elle n'avait jamais manifesté la moindre propension à faciliter la mise sur orbite des débutants, fussent-ils saisonniers, usant au rebours avec eux, et surtout avec elles, de manières si expéditives qu'en dépit de son apparente indifférence aux questions relatives à la séduction on la supposait en proie à des aigreurs consécutives au retour d'âge. On resta perplexe ; Josette Rablot serait-elle sensible aux sirènes universitaires ; il apparut très vite, cependant, que l'étudiante n'assommait personne avec ses études et n'en parlait que si on lui posait des questions. On sut sa mention très bien au bac par madame Sousse, laquelle, en sa qualité de chef du guichet et supérieure hiérarchique directe de l'impétrante, avait eu connaissance de sa fiche de candidature. La chose parut assez notoire pour être glosée, Claire l'apprit plus tard par madame Sousse elle-même, sur un ton plus inquiet qu'admiratif tant on craignait d'écoper cette fois, après le fils de famille séducteur erratique assigné à résidence bancaire par un père exécré, d'une forte en thème poseuse, souris de bibliothèque, mijaurée gonflée à l'hélium qui ne condescendrait au rudiment bancaire que du bout des dents et pour le seul motif alimentaire. On en fut pour ses frais et le mystère Rablot demeura entier, nul ne soupçonnant à quel point la caissière auguste avait la fibre agricole et pouvait s'inquiéter du prix du saint-nectaire fermier ou des qualités et quantités de fourrage engrangé par les parents et le frère de Claire. Au cours de sa deuxième et de sa troisième saison bancaire, Claire put constater que

Josette Rablot n'oubliait ni le nombre de vaches traites matin et soir, ni celui des hectares possédés et des hectares loués. Elle avait repéré les lieux sur une carte, à mi-chemin entre Aurillac et Clermont-Ferrand. Sur le banc du Palais-Royal, deux fois par semaine, se déroulait une saga paysanne incongrue en ce creuset de ville ; c'était le feuilleton estival de madame Rablot, laquelle n'entreprit pas pour autant de louer un gîte dans le nord du Cantal pour y passer une partie de ses vacances, qu'elle partageait selon un rite inchangé depuis l'enfance de ses deux fils entre un camping de la baie de Somme, où son mari était né, et le jardinet clos et arboré dont s'enorgueillissait son rez-de-chaussée de Bondy. Les limites ne furent pas franchies ; Claire ne connaîtrait ni l'époux ni les fils ni le trois-pièces dont les peintures, papiers peints et carrelages étaient régulièrement rafraîchis ou renouvelés par l'expédiente caissière à la faveur du reliquat de ses congés annuels. Josette Rablot n'abreuvait pas Claire de confidences émues ; de son enfance, de sa jeunesse, ou de ses trois décennies citadines, elle exhumait seulement en phrases brèves et précises des blocs bruts qui faisaient images sous les coquettes frondaisons du Palais-Royal. Claire laissait venir sans poser de questions et Josette Rablot livrait tout avec un égal sérieux, ses premières impressions bancaires, sa rencontre avec son mari en baie de Somme à la faveur d'une brève escapade osée avec une collègue plus âgée et néanmoins amie, audacieuse et motorisée, qu'elle avait d'ailleurs cessé de voir depuis plus de vingt ans, l'obtention, à la sixième reprise, du permis de conduire, la naissance de ses deux fils, par césarienne, à deux années très exactes d'intervalle le jour de Noël, et la déception renouvelée de son mari. Mâle unique et tard venu choyé par trois sœurs, il n'attendait que des filles, d'où les menues vexations constamment ourdies par ce trio de sœurs indignées de voir leur frère se laisser plus ou moins rudoyer par une épouse rétive à toute forme d'admiration conjugale, si embryonnaire fût-elle. Madame Rablot ne disait pas de mal de son mari, mais elle ne prononçait jamais son prénom, alors que les deux syllabes de Michel, qui était celui de son défunt frère, creusaient dans sa voix un abîme de douceur fugitive et navrée. Michel était aussi le second prénom du frère de Claire, qui n'avait pas tout à fait choisi de continuer le métier de paysan. Le frère de Josette Rablot s'était tué de boisson, il avait bu l'argent des terres vendues, il avait bu l'argent des terres, elle l'avait lâché une fois, une seule, un jour pluvieux du deuxième été; elle ne parlait de ce Michel que pour préciser qu'il lui avait donné sa part exacte du bien des parents, part qu'elle gardait sur un compte pour l'établissement futur de ses fils qui ne sauraient pas devenir fonctionnaires, comme Claire, n'ayant pas la tête à des études solides; des études qui donnent du bagage, un vrai métier et une bonne place avec la garantie de l'emploi. Sur ce seul chapitre des fils et de leur avenir, Josette Rablot se fût volontiers emballée tant la présence de Claire et sa façon d'être accusaient à ses yeux, par contraste, la veulerie de son languide trio de mâles velléitaires et insuffisants. Incapables de résister à l'appel du flacon, père et fils communiaient sous le moindre prétexte, ou sans prétexte du tout, en de mornes libations qui ne leur laissaient que trop rarement le loisir d'étudier, de chercher un emploi ou de soutenir leur mère et épouse dans les tâches ménagères et dans ses constants travaux d'entretien et d'embellissement du commun logis. Une fois par saison, à la fin du mois d'août, madame Rablot, rêveuse, à la limite de l'envie, osa avancer que les parents de Claire devaient être fiers d'elle, suggestion qui laissait la susnommée dubitative ; elle ne se posait pas cette question, n'envisageait pas les choses de cette façon, et considérait plutôt qu'il eût été sans doute plus gratifiant pour ses parents d'avoir une fille férue de disciplines moins exotiques. Claire pouvait le dire à Josette Rablot qui le comprendrait ; elle ne parlait pas de ses études avec ses parents, pas davantage avec sa sœur, son aînée de quatre ans qui débutait à Clermont-Ferrand une carrière de sage-femme, et encore moins avec son frère, de onze mois plus jeune, englouti dans le roulis des tâches sempiternelles. Parler des études pour dire quoi ; les amphithéâtres orgueilleux, les autres étudiants, la nef de la grande bibliothèque, les heures passées à démêler l'écheveau des phrases latines, l'éclair de joie qui crépitait dans le silence de la chambre quand le texte traduit coulait enfin, plausible et maîtrisé, apprivoisé, limpide. On n'avait rien à se dire sur le travail et fort peu sur la vie à Paris ; Claire pouvait seulement confirmer aux siens ce qu'ils croyaient déjà savoir, que les Parisiens couraient beaucoup, tout le temps, étaient toujours pressés ; elle s'adaptait, elle devenait comme eux, d'où la perte spectaculaire, survenue dans sa première année de faculté, de ses rondeurs adolescentes, perte dont sa mère s'était alarmée, en nourricière diligente, tandis que son frère lui-même, fort peu loquace sur de semblables questions, l'avait comparée à une vache maigre dont on n'aurait pas donné cher à la foire du 7 septembre à Allanche. Cette vache maigre plut beaucoup à madame Rablot qui sut ne pas insister. Claire se demanda ce que la caissière eût pensé des apparitions de Gabriel ; des steppes de silence pouvaient s'étendre entre elle et Josette Rablot, ça n'excluait pas une sorte de confiance opaque qu'elles goûtaient fort toutes deux pour des raisons qu'elles ne chercheraient pas à démêler.

Elles parlaient peu de leurs collègues, le mot sonnait étrangement aux oreilles de Claire, en dépit des tribulations sentimentales de Jean-Jacques et Marie-Christine qui leur devinrent toutefois pendant les deuxième et troisième étés un récurrent sujet d'entretien. Fluet, la poitrine étroite, l'œil vert et dur, Jean-Jacques était le seul mâle du guichet. Jeune et cependant sans âge, il vibrionnait, virevoltant d'une tâche à l'autre, emplissant un espace considérable taillé à la proportion inverse des mensurations mesquines dont l'avait affligé une nature parcimonieuse. Pendant la première saison bancaire de Claire, il préparait son mariage, prévu pour le deuxième samedi d'octobre, jour du vingt-cinquième anniversaire de sa fiancée, une Sophie dont les atermoiements cornéliens dans le choix du moindre accessoire de la traditionnelle panoplie nuptiale firent les beaux jours des conversations des dames du guichet, attendries, émues et remuées, à l'exception de madame Rablot, de voir un jeune homme de cette génération se passionner ainsi pour des questions que l'usage réservait aux femmes. Entre le 14 juillet et le 15 août, dans l'aimable flottement de l'après-déjeuner, on disputa à loisir des mérites comparés des différents modèles de bouquets nuptiaux et autres chemins de table dont Jean-Jacques croquait l'allure générale d'un crayon alerte au dos d'un formulaire de remise de chèques détourné sans vergogne pour la cause matrimoniale. Les familles, qui se connaissaient depuis vingt ans, unissaient leurs enfants uniques et payaient les factures, se montrèrent intraitables sur le chapitre très protocolaire du libellé du faire-part, mais les échantillons de papier et de caractères typographiques firent les délices de la fine équipe du guichet, amputée pendant trois semaines de la volubile Marie-Christine qui gardiennait ses deux enfants dans un bourg abyssal du Maine-et-Loire d'où elle envoyait des cartes hebdomadaires chargées pour tous de mille baisers agricoles. Claire s'amusa de la formule ; cette Marie-Christine avait le verbe affûté et un esprit de décision avéré que l'on regretta vivement quand il s'agit de trancher la vertigineuse question du chignon. Tant de dissipation irritait Josette Rablot qui réprouvait que l'on se dépouillât ainsi du sérieux inhérent à la fonction bancaire ; elle ne s'en ouvrit pas d'emblée à Claire mais on le comprenait à la seule vue de sa nuque réprobatrice penchée sur les arcanes de sa caisse où elle s'abîmait en de saisonnières mises en ordre tandis que l'on batifolait dans son dos. Claire savourait alors sa position ; affectée aux heures creuses de l'après-midi à la vérification du fichier client, elle pouvait feindre la vigilance dans l'accomplissement de cette tâche répétitive sans toutefois perdre le fil des palpitantes délibérations de l'aréopage du guichet rassemblé autour de Jean-Jacques. Personne n'assisterait à ces noces qui auraient lieu à Bastia où siégeait l'omnipotente grand-mère maternelle de la promise. Claire soupçonna Jean-Jacques d'affabuler à la faveur de ce propice éloignement géographique, et elle considéra d'un œil neuf ce garçon qui, à moins de trente ans, semblait n'avoir d'autre horizon que cette capricieuse Sophie ingrate de figure, empesée de maintien, des photos des fiançailles avaient circulé, mais cossue du portefeuille et nantie dans les assurances d'une situation plus avantageuse que la sienne. L'inépuisable romance fut interrompue pour Claire par la fin de ce premier intermède bancaire. Rendue à ses langues anciennes, elle ne songea guère aux épousailles ; toutefois, le dernier samedi d'octobre, passant en métro à la station Palais-Royal, elle se surprit à calculer que la chose était accomplie et le sort de Jean-Jacques lié depuis deux semaines à celui de Sophie. L'été suivant, il revint à madame Rablot, dès le premier déjeuner au jardin, d'informer Claire en termes choisis de la renversante actualité dont l'agence bruissait déjà, à demi-mot, avant que le cataclysme ne devînt tout à fait officiel ; Jean-Jacques se mettait en ménage avec Marie-Christine, laquelle, de onze ans son aînée, quittait pour ce faire un mari hébété, une belle-famille abasourdie, et un pavillon de récente facture qu'il fallait revendre pour éponger les crédits et remettre les compteurs à zéro. Josette Rablot, arrachée à sa coutumière réserve, n'épuisait pas le suc de cette expression dont Marie-Christine, amaigrie, les traits tirés, la cuisse gaillarde et comblée, régalait qui voulait l'entendre tandis que Jean-Jacques, constamment au bord de l'implosion sexuelle, la couvait d'un regard reconnaissant. Il confiait volontiers avoir été révélé à lui-même par Marie, le chaste prénom ronronnait dans sa gorge menue et Claire pensait aux très secrètes cérémonies du précédent été célébrées avec Gabriel. Remettre les compteurs à zéro était une opération d'envergure ; faute de parvenir à de suffisants compromis, on vendait ce qui ne se partageait pas et l'on partageait le produit de la vente, si mince fût-il. Les chaises de la salle à manger se trouvèrent ainsi scindées en deux incommodes triades, on compta le moindre couvert, Marie-Christine ne faisant grâce de rien à un époux assommé qu'asticotaient en sous-main sa mère et une intraitable tante et marraine, extraites pour l'occasion de leur impossible trou solognot, poitevin, ou berrichon ; d'un seul coup, la géographie flatulait, comme emportée, elle aussi, par la débâcle conjugale. Marie-Christine vouait aux gémonies ces deux septuagénaires rétives aux emportements de la passion, empressées de remettre la main sur le fils incomparable, le précieux neveu, le filleul d'exception, et de déchirer enfin cette intrigante sexuellement avide, voire

98

dépravée. Marie-Christine catéchisait Claire qui, en sa qualité de très jeune célibataire, était la seule, derrière le guichet, à pouvoir encore éviter l'enlisement fatal ; un couple, ça tenait et ça durait d'abord au lit, ou sur la table de la cuisine, assis debout couché, en un mot par le ventre, par-devant ou par-derrière sans chemise et sans pantalon. La péroraison s'achevait dans un éclat de rire communicatif. La première saison avait été nuptiale, la deuxième fut torride, Jean-Jacques, pris à témoin par sa Pythie, ne pipant mot mais témoignant avec éloquence par sa muette tumescence d'un total assentiment. Marie-Christine, la voix saturée d'interférences hormonales et le téton turgescent sous le corsage estival, concluait à ses meilleures heures par un *carpe diem* tonitruant puisé aux congruentes sources des pages roses du *Larousse* et des magazines féminins dont elle était friande. Ce patent triomphe de l'amour n'eût pas suffi à susciter la réprobation de Josette Rablot s'il ne s'était accompagné d'un dégât collatéral que peinait parfois à dissimuler l'étourdissante rhétorique de Marie-Christine ; on partageait aussi les enfants, le garçon et la fille, treize et onze ans, le garçon chez le père et la fille chez la mère, banlieue sud et banlieue nord, Le Mée-sur-Seine et Cergy-le-Haut, entre deux heures quinze et deux heures quarante-cinq de transport en commun, bus, train, et bus, et au minimum trois quarts d'heure de voiture dans le meilleur des cas, mais ils n'auraient pas de voiture, ni le père ni la mère, celle du ménage, achetée à tempérament, Claire reconnaissait le mot, et pas encore payée, ayant été revendue pour sacrifier au sacro-saint principe de la remise des compteurs à zéro. Madame Rablot secouait sa tête carrée ; elle avait vérifié les temps de transport, brandissait un plan imaginaire et ruminait son indignation devant le traitement de choc asséné à ces enfants dont, moins de dix mois auparavant, Marie-Christine, lyrique et inspirée, faisait son nombril absolu. Claire commençait à deviner tout ce que Josette Rablot et les autres quinquagénaires de la troupe ne diraient pas, se contentant de pincer les lèvres ou de vider la place, non sans une certaine ostentation, quand Marie-Christine se lançait dans son plaidoyer pour la révolution amoureuse. La troisième et dernière saison fut terne ; le nouveau directeur d'agence, entré en fonction à l'automne précédent, ayant fort peu goûté les acrobatiques quarts d'heure partagés à la sauvette dans les coulisses des locaux par les deux insatiables, Marie-Christine avait été mutée dans une autre agence. Jean-Jacques promenait derrière le guichet une silhouette de plus en plus transparente et des cernes violines qui trahissaient des nuits volcaniques dont il ne disait plus rien. Entre deux assauts de clientèle, tassé sur sa chaise pivotante et rembourrée, il se taisait, la cravate en berne, les chaussettes effondrées, le regard perdu. De Sophie, jadis épousée, il ne fut plus jamais question. L'ire de madame Rablot persistait cependant, échauffée par des mois de contention, et Claire releva dans ses propos de constantes références à l'avidité de certaines femmes, dites goulues, résolues à avaler la terre entière et à tout sacrifier, fût-ce la chair de leur chair, l'expression sonnait gravement à l'heure des déjeuners de soleil, à la satisfaction de leurs instincts les plus bestiaux. Une chienne, une chatte, ou une vache n'en aurait pas fait autant ; quant à Jean-Jacques, il y laisserait le peu de santé qui lui restait, déjà il n'en menait pas large, et perdait le nord, multipliant les erreurs qu'il fallait prévenir ou réparer par un surcroît de vigilance. On le pensait plus sot et faible que méchant ou vicieux. Vicieux sifflait entre les dents de Josette Rablot, qu'elle avait fortes et bombées, et Claire souriait à part elle, tant on se figurait difficilement l'infime Jean-Jacques, avec ses mains d'enfant et sa moustache élimée, flottant dans le costume bon marché d'un Don Juan de banlieue cynique et débauché. Dans l'hiver qui suivit, Claire, adressant ses vœux de bonne année à madame Rablot, reçut une courte réponse protocolaire suivie d'un long post-scriptum où la caissière stipulait que, ses fonctions étant désormais remises en question par l'informatique, le mot gros de menaces s'alignait en impeccables caractères scripts, elle avait dû accepter une mutation au siège, où elle occuperait, à partir du 5 février et pour les trois années qui la séparaient de la retraite, un poste encore mal défini. Claire peina à déchiffrer une courte phrase, reléguée en lisière extrême du verso d'une carte rectangulaire où deux biches et un faon paissaient la neige sous des sapins surchargés de brillants. Josette Rablot semblait s'être abandonnée, *in extremis*, à une sourde remontée de sentimentalisme et lui souhaitait une vie meilleure. Claire sentit alors que Josette Rablot ne répondrait plus à ses vœux et qu'elle avait incarné aux yeux de cette femme empêchée une possible échappée loin des carcans ataviques et des voies tracées par la soumission à l'ordre ancien des choses, loin aussi de ce rien grisâtre dans lequel s'enlisait chaque jour davantage l'inutile jeunesse de ses deux fils.

La carte fut remisée dans la boîte, glissée sous le lit, où Claire rangeait par ordre d'arrivée tout son courrier. Pendant les étés des sept années de pensionnat, elle s'était employée à compenser l'absence de ses amies les plus proches par un tir nourri de missives dominicales dont elle attendait les réponses, dès le milieu de la semaine, guettant l'apparition d'une enveloppe glissée entre le journal et les factures destinées aux parents. Un coup d'œil la renseignait sur l'auteur de la lettre qu'elle ne lirait qu'après le repas, à la faveur du bref répit ménagé dans l'affairement des tâches saisonnières par l'incontournable sieste du père. Elle aimait ce différé qui détournait son attention de la tablée où chacun refaisait ses forces, dans le babil du journal télévisé, avant le coup de feu du cuisant après-midi. Remisée sur le bord de la fenêtre, derrière la pile de catalogues de La Redoute et des Trois Suisses, l'enveloppe précieuse se garderait de toute projection fortuite ou autre contact indésirable. La lettre était la récompense muette et légère que Claire s'octroyait à elle-même pour bons et loyaux services sur le front des sempiternelles fenaisons. Lire et relire donnait à supposer, soupeser, et supputer jusqu'à la prochaine cérémonie du dimanche soir où Claire, avant le coucher, romprait la clôture de ses étés pour répondre, en termes choisis et de son écri-

102

ture déjà invraisemblable, à Christine, laquelle éprouvait ses premiers frémissements amoureux avec un collégien de Compiègne établi dans le camping qui jouxtait le café-épicerie de ses parents, ou à Dominique dont les frères et sœurs plus âgés avaient entrepris l'éducation politique, d'où de vigoureuses interrogations suscitées par l'injection de doses massives de Léo Ferré mâtinées de rasades de Boris Vian et de Jacques Brel. Claire ne jetait rien, apprenait par cœur les couplets du *Déserteur*, et punaisait au mur la moindre des cartes postales expédiées de Palavas-les-Flots ou de Pont-Audemer par l'une ou l'autre de ces demi-pensionnaires ou externes que la profession de leurs parents exemptait des travaux agricoles. Classées par année dans deux boîtes métalliques qui avaient contenu des gâteaux secs, les lettres du pensionnat avaient accompagné Claire à Paris et constituaient ce qu'elle appelait ses archives. La carte de visite de Josette Rablot trouva place dans le dossier du courrier parisien, maigre dossier au demeurant, les amitiés de pensionnat ayant pour la plupart sombré corps et biens dans la béance ouverte par le départ vers des villes où l'on étudierait plus ou moins, où chacun ferait en tout cas sa vie, loin des fermes perdues, des hameaux étiques et des bourgs assoupis où tout avait commencé. Sa mère lui écrivait une fois par quinzaine, donnant des nouvelles du temps, des saisons, du travail, des gens de la maison et de la commune et de ce qui continuait, là-bas, ou là-haut, elle ne savait jamais bien comment dire ou penser. Claire répondait à sa mère, un dimanche sur deux, le soir, renouant avec le rituel de l'ère précédente. Elle écrivait ce qui n'inquiéterait pas et ferait peut-être sourire ; elle parlait aussi du temps, bien que la ville minérale fût relativement peu sensible aux aléas météorologiques qui régentaient en son pays premier la vie des bêtes et des gens. Elle avait beaucoup de travail, les notes allaient. Entrer plus avant dans les choses apprises eût été vain et elle n'y pensait même pas. Elle pouvait raconter combien la Seine était jaune et haute, à ras bords des quais, à la mi-mars, ou s'étonner, début avril, d'avoir vu un parterre garni de tulipes violettes, presque noires, dans un jardin derrière le Palais de Justice. Sa mère se récrierait, on était loin des tulipes, on annonçait de sacrées tombées de neige, on ne sortait les vaches que pour la journée, elles couchaient dedans et on leur donnait deux fois par jour, encore beau qu'il reste du foin correct, mais on aurait du mal à tenir pendant deux ou trois semaines de plus si ça tournait comme certaines années où les bêtes n'avaient couché dehors qu'après le début de mai. Claire écrivait aussi les premières illuminations de Noël, sitôt après la Toussaint, ou le parvis de Notre-Dame pavoisé de buis bénit, le dimanche des Rameaux, par un flot de jeunes chrétiens qui braillaient des cantiques dans une langue impossible à identifier, ou encore les douze chats nourris chaque soir sur le trottoir devant l'immeuble par une femme blonde et bien habillée qui ressemblait à la princesse Grace en plus jeune. Claire ne rentrait que rarement et pour de courtes durées, une poignée de jours ramassés entre deux voyages en train dont elle aimait la lenteur propice au rassemblement de soi, dans un sens et dans l'autre. À la fin de son deuxième été parisien, elle avait été invitée à Saint-Flour au mariage de Catherine et Denis dont les florissantes amours avaient connu leurs prémices trois ans plus tôt dans une classe de terminale qu'ils tenaient à rassembler pour célébrer leur apothéose nuptiale. Fille unique de commerçants industrieux et prospères, Catherine, après deux années de pertinentes études toulousaines en gestion et comptabilité, avait choisi l'entreprise familiale et la vie partagée avec Denis qui, formé sous la férule de son futur beau-père, se sentait de taille à donner aux affaires une décisive impulsion. La famille étant notoire et de pieuse obédience, un vin d'honneur servi dans les jardins du presbytère rassembla le Tout-Saint-Flour. Claire y croisa nombre de ses anciens professeurs qui la trouvèrent changée et la félicitaient de ses succès en Sorbonne avant de lui demander si elle comptait, après les concours, exercer dans la région, en Auvergne, ils disaient en Auvergne, ou par ici, ou chez nous, et pourquoi pas même à Saint-Flour. Elle fut évasive. Elle avait quitté la banque la veille et flottait dans sa robe trop rouge après une nuit de sommeil haché arraché aux trépidations ferroviaires. Elle était embarrassée de son sac à main beige et elle envia les toilettes fleuries de ses anciennes camarades de pensionnat. On rit beaucoup à table où elle joua sa partition attendue de bonne élève revêche, mimant sans mollir les sèches passes d'armes qui l'avaient opposée en terminale au mordant abbé Leclerc, depuis lors appelé à dispenser ses lumières dans une prestigieuse institution bordelaise. On dansa ; les autres dansèrent

105

dans la joie de leurs corps ; elle restait au bord, pour voir, jouissant de n'être ni mêlée ni emportée et de sentir à ses pieds nus dans les sandales neuves la fraîche griffure des premières rosées d'automne en pays haut. Plus tard, elle recevrait deux photos, le portrait officiel des jeunes mariés, regards fervents chairs fécondes sur fond de feuillages troués de lumière glorieuse, et le groupe des amis où elle ne se reconnaîtrait pas, rieuse et très blanche dans sa robe éclatante. Chez ses parents, à la ferme, Claire avait des rites. Elle allait au bord de la rivière, elle allait au bois de Combes, elle allait au pré de l'Arbre pour s'adosser là au hêtre majuscule qui demeurait campé dans les saisons. Le hêtre était vieux, branchu, bourru de tronc. Elle se tenait à côté de ces choses de toujours, muettes et larges, qui d'elle gardaient trace, et lui faisaient un creux, une place pour rester et attendre sans parler. Elle voyait chaque fois monsieur Lemmet qui était une sorte de grand-père qu'elle aurait eu en plus ; il s'asseyait en face d'elle, chacun à un bout du banc, elle buvait du sirop de grenadine, il se levait et se penchait pour fourrer dans la cuisinière deux ou trois bûches courtaudes qu'il coupait à longueur d'après-midi sous le sapin à la montée de la grange. Parfois, l'hiver surtout, il racontait ; il avait eu huit ans en 1914, était resté avec sa sœur de trois ans son aînée chez une tante paternelle qui les avait recueillis après que son père, réserviste, eut été mobilisé en dépit de son veuvage survenu en 1910. La voix sourde ne tremblait pas qui remontait à ces temps vécus sur les hauteurs de la commune, dans un coin battu de vent que Claire connaissait pour y avoir fané en des saisons soudain très enfuies. Monsieur Lemmet disait aussi son service dans les chasseurs alpins en un pays pentu où ils avaient de bonnes vaches, et sa joie d'être revenu ici dans la vallée pour y faire une vie de paysan. Il n'avait pas voulu autre chose, pas pensé à autre chose, il avait aimé cette place, s'était marié, s'était établi fermier dans ce domaine et restait encore dans la maison depuis que les terres, après sa retraite, avaient été louées au père de Claire. Il était le gardien du pays premier et en tenait à sa façon une chronique ténue que Claire comprenait à demi-mot, devinant sous les paroles ce qui ne serait pas dit. La fille de monsieur Lemmet avait fait de très bonnes études, elle avait à Aurillac une belle situation et venait souvent. Claire avait appris en grec que le prénom de cette fille aimée voulait dire paix, elle l'avait raconté à monsieur Lemmet qui n'avait rien répondu mais ils étaient restés les deux dans le chaud de la cuisine, un bout de silence rond entre eux, assis dans la douceur irénique de ce prénom de fille magnanime. La première fois que Claire était revenue c'était à la Toussaint ; le pays flambait avant l'hiver, la rutilance s'attardait dans le bleu de l'air, vibrait à la corne d'un bois, s'alanguissait dans la tiédeur de midi. Elle avait reconnu, derrière toutes les choses visibles, le feulement continu de la rivière. Deux chiens seulement dormaient dans la cour sous l'érable déjà nu, le troisième manquait, un bâtard roux aux yeux jaunes, éperdu d'elle, qui avait su comme nul autre la flanquer à bâbord et à tribord au long des chemins qu'elle arpentait le dimanche après-midi. Bibus, c'était son nom, avait aussi été souverain dans la promenade de nuit, se multipliant tous azimuts entre fragrances d'été, grillons têtus, jonchées d'étoiles et lune laiteuse. Elle avait dû laisser Bibus ; il était devenu méchant, incontrôlable avec les bêtes et les gens, il mordait le vétérinaire, le marchand de bestiaux, le livreur de fioul, et même le facteur qu'il connaissait depuis toujours. On n'avait pas pu le garder, il n'était plus là.

3

Dans la salle des pas perdus de la gare de Lyon la fille tournoie comme une toupie folle. Elle est jeune, grande, taillée d'une seule pièce, une masse de chair mollement vêtue de bleu qui tournoie dans la nef vide ; le tissu pend, la vie pend, la fille mendie dans la grande nef que traversent d'un pas hâtif les voyageurs du dernier train en provenance de Clermont-Ferrand. C'est dimanche soir, retour des vacances de Pâques, dites vacances de printemps. Le lendemain à neuf heures Claire sera devant ses élèves ; elle revient, elle va, l'allure est ferme. Dans le sac à dos, léger et chamarré, un saint-nectaire emballé dans un demi-exemplaire de *La Montagne*, trois livres, et son pantalon de velours vert, tenue de là-bas et d'ici, pour l'intérieur, qui voyage entre les deux pays, avec la clef de la maison. La maison, sa maison, depuis cinq ans, royaume suffisant, pierre ardoise et bois, formule sempiternelle et éprouvée ; la sixième saison commence, maison ouverte, jusqu'à la Toussaint. Elle y retourne pour cinq jours, dans trois semaines ; elle a quitté Paris depuis seize jours. La mendiante de la gare de Lyon est devant elle, petit visage pointu planté sur la masse de chair, visage lisse marqué d'enfance écrasée, quelque chose d'effondré vacille dans le regard gris ; la jeune chair tremble sous le mauvais tissu et passera la nuit dans les entrailles de la gare. La ville est sans recours. Claire donne un billet, regarde la fille, attrape le regard gris qui hésite, regarde le billet dans sa main, hésite ; le sourire éclate, dégoupillé, blanc et rose. Claire s'enfonce dans le métro, les couloirs fétides l'avalent, direction Porte de Vincennes, queue de rame, fermeture automatique des portières, ça mugit, les mâchoires de la ville se referment sur elle. Au mur les affiches publicitaires crient en couleurs hautes. Claire regarde, boit des yeux le jus neuf de la ville retrouvée. Des filles, d'autres filles, museaux affûtés cuisses étiques, un rien de viande sur l'os ; les cheveux sont clairs ; sur ces affiches dures les filles blondes ne sourient pas, ou à peine, du bout des dents qu'elles ont alignées et carnassières. Les filles des affiches sont des bêtes longues et maigres au pelage soigné, elles vendent les produits, elles sont dressées pour ça et appointées. Elles sont pour Claire les icônes de la ville et son premier langage ; toujours, quand elle rentre, elle déchiffre d'abord ces images qui disent les saisons et l'air du temps. Elle s'interrogerait volontiers sur les bas de ces maillots de bain infinitésimaux dont les filles ne vantent que les hauts. Le trajet est court, quatre stations, elle ne s'assied pas et s'adosse à peine, sans comprimer le saint-nectaire dans le sac à dos ; le fromage doit être impeccable pour sa voisine de palier qui s'occupe du courrier en son absence et, en dépit de l'heure tardive, l'attendra, contente de la savoir rentrée, rassérénée de sentir, de l'autre côté du couloir, l'appartement garni, même si on n'entend pas Claire au point que l'on sait à peine qu'elle est là. Elle respire la ville aimée, sa seconde peau, elle hume le fumet familier qu'elle ne parvient pas tout à fait à démêler ; c'est, tout entassé, machine et chair, rouages et sueurs, haleines suries et parfums fatigués sur poussière grasse, c'est animal et minéral à la fois ; c'est du côté du sale et elle se coule dans cette glu, elle prend place s'insère dans le flot. Son pas résolu claque sur le sol dur, ses bottines à lacets et talon bobine sont lustrées comme de petits sabots de cavale d'apparat. La ville s'apprend par le corps et se retrouve par lui, le pas sonne et claque comme il ne saurait le faire sur la terre souple de l'autre pays. Claire, debout, flotte dans le métro du retour et rentre en ses habits citadins. La nuit sera fluide et douceâtre sous les feuillages neufs des marronniers du cours de Vincennes. On est à la fin d'avril, très vite les femmes auront les pieds nus, orteils vernis, dans les premières sandales du prochain été. Claire n'aime pas les orteils, sauf ceux des enfants très petits, et montre peu les siens. Son corps vieillit, le corps qui a eu quarante ans ; les autres corps, ceux des femmes surtout, sont de plus en plus jeunes. Elle aurait deux corps, un pour la ville, un pour l'autre face du monde, et ça ne tiendrait pas seulement aux vêtements, à ce qui se laisse saisir d'un coup d'œil, le lustre des bottines, le cuir souple des gants, le velours des redingotes italiennes, le tombé dansant des jupes qu'elle porte sous le genou. Claire a le genou massif, toute sa charpente solide est nouée pour résister, faire face, continuer, se tenir fière au créneau des jours, sans fioritures. Claire ne réfléchit pas, ne veut pas réfléchir à ce qui remonte en bouffées à la fois vagues et fulgurantes, âcres et sucrées, quand elle passe, en voiture en train en métro, d'un territoire à l'autre ; ça circule à travers elle quand elle rentre à Paris, dans ce sens-là, et surtout au moment des deux grandes migrations de l'année, à la fin de l'été et aux premiers jours de novembre, une fois la maison fermée pour l'hiver. Elle se laisse faire, elle a compris qu'elle ne saurait empêcher cet état de vertigineuse acuité, de transparence aiguë. La fille jeune qui tournoie et mendie, la main petite et ouverte, dans la nef vide de la gare de Lyon, un dimanche soir, la transperce. Elle le sait, elle consent, elle tend l'argent, elle accroche le regard gris ; ensuite elle se réfugie dans son endroit. Elle a deux endroits où aller, un terrier dans la ville minérale, et un autre, là-haut, qu'elle appelle son terrier des champs ; les terriers sont garnis, elle s'y tient au chaud. Elle pense parfois, et elle en rit avec des amis qui se moquent de ses vaticinations géologiques, elle pense parfois que les volcans antédiluviens assoupis sous leur croûte épaisse et ronde font à qui le veut, par sourde et sûre transfusion, ce don de l'élan organique, du feu vital. Dans le train et dans le métro, au bord des personnes et dans la stridulation des machines plus ou moins dociles, locomotives wagons portiques

114

portillons portes coulissantes, Claire laisse s'opérer la jonction entre les deux pays, les deux temps, les deux corps. Se raidir ne sert à rien, vouloir non plus, il s'agit juste d'attendre et de faire les gestes. Vider le sac, ranger les victuailles, suspendre la clef de la maison à sa place, dans le placard où, à la moindre occasion, elle sera vue, manipulée du regard. Dans le terrier des villes, les choses ont une place, le territoire de l'intérieur est sous contrôle. Le monde énorme palpite en ses entours, cogne et bat de l'autre côté des fenêtres, de la porte, des cloisons, du plafond, du plancher. Des vies vont leur cours là, empilées, du rez-de-chaussée au cinquième étage, ça macère dans la nasse, ça grouille et fourmille en son tréfonds. Sur le palier du premier étage, au moins deux fois par jour, Claire frôle une vie encalminée derrière une porte vernie, dans le trois-pièces où vit madame Vidal, cent quatre ans, née dans l'immeuble, dans l'appartement et peut-être dans le haut lit de bois où elle se couche chaque soir. Madame Vidal ne sort plus dans la rue, mais chaque matin, vers huit heures et demie, elle descend et remonte l'escalier, un sac-poubelle minuscule et fermement ficelé en main. Elle apparaît, elle est transparente, elle avait dix-neuf ans à la fin de la Première Guerre mondiale et quarante-cinq au moment de la libération de Paris, des veines bleues strient ses chevilles nues que laissent apercevoir des mules à talon compensé, roses. Les mules roses de madame Vidal glissent en silence derrière la porte sur le parquet des trois pièces où elle achève d'être, très sourde et très organisée. Claire voit aussi grandir les deux garçons du troisième, frères bouclés et charmants, qui furent de pesants nourrissons aux bras d'une mère délicieuse et menue. Elle sait qu'elle a une homonyme, nom et prénom, au numéro douze d'une rue proche, parallèle à la sienne; du courrier a été interverti, deux lettres sont revenues, ont été réexpédiées avant qu'une factrice diligente ne démêle le mince mystère. On habite à peine son nom; d'ailleurs les femmes n'ont pas de nom, en changent, passant de celui du père à celui du mari; Claire a changé de nom, a repris ensuite le nom du père, Santoire, un nom de rivière à truites, qui se rue et court à la fonte des neiges ou s'étire en chatoiements sonores sous le dais vert et bleu des étés. Les rivières partent, s'en vont vers des ailleurs devinés et demeurent cependant en guipure têtue aux lisières du monde qu'elles bornent. Claire est partie, les filles partent, les filles quittent les fermes et les pays. Dans la rue, dans le métro, Claire devine parfois sous la peau des femmes de son âge, ou plus âgées, sous leurs habits de ville, sous leur caparaçon urbain, les traces vives des petites filles qu'elles furent, cartable arrimé au dos, flanquées du chien de ferme, attendant la voiture du ramassage scolaire au bout d'un chemin herbu, ou, plus souvent encore, enfants citadines mises au vert chez les grands-parents, à la faveur des vacances immenses, et affolées d'odeurs, de bêtes, d'orages, de nuits. Longtemps Claire avait tu ses enfances, non qu'elle en fût ni honteuse ni orgueilleuse, mais c'était un pays tellement autre et comme échappé du monde qu'elle n'eût pas su le convoquer à coups de mots autour d'une table avec ses amis de Paris. Elle avait laissé les choses parler pour elle, un morceau de frêne à l'écorce grenue, ou une ardoise festonnée de lichens roux qu'elle avait conservée au moment de la réfection du toit de la grange, dix ans après son départ. Transportée à Paris, fixée là, au mur blanc, entre la fenêtre du milieu et une étagère chargée de catalogues d'expositions, l'ardoise était immuable quoique confinée depuis plus de dix ans dans la douillette bonbonnière parisienne après un siècle de saisons crues entassées sous le ciel changeant de l'autre pays. Pays quitté, quitté comme on répudie, comme on déserte. Pour faire sa vie. La vie de Claire s'était faite dans la ville des études, ville foisonnante dont elle ne songeait pas à partir. À la belle saison, elle s'y déplaçait volontiers en bus à la seule fin de se laisser happer par les éclats aigus du kaléidoscope des rues mordues de soleil jeune. Certaines femmes étaient vaisseaux, caravelles, dont l'image longue, aussitôt en allée, flottait dans l'air, vivace et transparente. Parfois, et c'était rare autant que grand, quelque chose de la première vie faisait irruption dans la seconde, une collision se produisait dont Claire percevait seule le fracas infime sous l'apparence lisse des heures. Un dimanche de juillet, elle venait d'avoir quarante ans, elle s'était trouvée par hasard aux Tuileries au moment de l'arrivée du Tour de France. Il avait plu sur les bals de la veille et l'été pétillait ; elle se tenait dans les salles du musée du Jeu de Paume, à l'étage, muette devant des toiles fluides qui s'étiraient aux murs en coulures mêlées, sable brunes

117

orangées roses grèges, puissantes et onctueuses. Elle se tenait là ; les vacances avaient vidé la ville, trois ou quatre visiteurs glissaient d'un tableau à l'autre dans un silence de cloître cistercien. Toujours dans les musées elle s'attardait aux fenêtres, aimant cet entre-deux singulier du dehors et du dedans, de l'affairement citadin et des pièces immobiles. Rue de Rivoli, le peloton avait éclaté, découpé dans l'écran de la baie haute comme jadis dans celui de la télévision quand, à l'heure de l'arrivée de l'étape, si le temps le permettait, on s'accordait une pause, dite des quatre heures, dans les travaux de la fenaison. Le corps rompu de gestes, harassé de soleil, on buvait de la limonade ou de l'eau coupée de sirop ; le père piquait de la pointe du couteau des quartiers de melon saupoudrés de sucre, les filles le fils mordaient dans la chair des pêches. Le carrelage de la cuisine restée fraîche dans la pénombre des volets clos était une caresse sous les pieds dénudés tandis que les coureurs ahanaient sous les gesticulations du public massé de part et d'autre de la route, le tout demeurant passablement irréel et comme surgi d'un autre monde derrière l'écran bombé de la télévision dont le père baissait le son, de sorte que le commentaire du journaliste sportif, qu'il jugeait superflu, se trouvait réduit à l'état de litanie chuintante et inintelligible, émise en une langue étrangère. Dans la fenêtre du musée, entre deux tableaux, les maillots du peloton s'enchevêtraient, ça gueulait en couleurs tandis que les badauds coiffés de casquettes publicitaires s'égosillaient, bouches ouvertes sur des cris qu'elle n'entendait pas. L'enfance était là, ses étés ardents, le foin coupé, la touffeur des granges, et les maillots éblouissants de coureurs dont elle n'avait pas oublié le nom, Anquetil Merckx Poulidor Hinault. Elle ne savait plus aujourd'hui qui gagnait le Tour de France et quel torse parfait moulait ce maillot jaune qu'elle venait de voir passer dans la cavalcade échevelée du peloton ; mais elle entendait chaque année, au début de ses vacances, que le Tour avait pris son départ, parfois en Belgique ou au Luxembourg, qu'il approchait des Pyrénées ou des Alpes, que l'étape de L'Alpe-d'Huez ou le contre-la-montre de Poitiers serait décisif. Ces phrases toutes faites flottaient, soudain incarnées, devenues tangibles, de l'autre côté de la vitre et dans le musée recueilli. Claire était restée là un long moment, à l'exacte croisée des temps, des lieux et de ses mondes soudain embrassés. Depuis ce dimanche, toujours le nom de ce peintre avait drainé dans son sillage le goût étrange de ce que Claire ne s'attardait pas à nommer ni à qualifier et dont elle éprouvait toute la suave âpreté à la faveur des brefs séjours que son père faisait rituellement à Paris, entre Noël et le Nouvel An, accompagné de son neveu.

Elle allait les attendre sur le quai de la gare de Lyon ; avertie par sa sœur du numéro de voiture, elle se tenait en face de la porte, en dépit du flot d'hommes de femmes d'enfants de bagages que déversait sans fin le train toujours bondé en cette période propice aux voyages d'agrément et aux réjouissances familiales. Au sortir du wagon, les visages se rassemblaient, les corps s'ébrouaient. Autour d'elle on étreignait des enfants, on s'embrassait, du bout des dents ou comme si jamais on ne devait être rassasié de l'autre qui était enfin là enfin incarné et rendu comme une part de soi-même. Des sacs et des valises et des paquets plus ou moins informes changeaient de mains, étaient empoignés tandis que se nouaient et dénouaient des conversations dont elle happait des bribes, émue toujours par le remuement des vies entre-croisées. Elle attendait. Elle savait que l'enfant, le garçon, surgirait le premier, vif et menu, engoncé dans son vêtement d'hiver, sérieux et tout à sa mission qui était de la trouver, de la repérer dans le flot ; elle était là, il la voyait, il le criait à son grand-père qui s'activait, en proie aux bagages, entre les deux rangées de sièges rayés. L'enfant sauterait sur le quai, lancerait le prénom de sa tante qu'il n'appelait pas tata, ni tatou, tantine ou tante ; son seul prénom serait le signe de ralliement dans le salmigondis des annonces officielles, des chuintements, crissements et autres soupirs mécaniques émis par les locomotives au museau rectangulaire encore en service sur la ligne Paris - Clermont-Ferrand. Elle embrasserait le garçon sur le front, ou sur les cheveux qu'il avait frisés et blonds, elle l'embrasserait plus ou moins au hasard tant on pratiquait peu, dans l'entre-soi de la famille, la flagrante effusion. Ensuite le père, son père, serait sur le quai, à la fois embarrassé, interdit devant la foule affairée et soulagé d'en avoir fini avec le train, moyen de transport collectif auquel, à près de soixante-dix ans, il restait rétif et ne s'était résigné que de guerre lasse, les abords des grandes villes demeurant inextricables aux automobilistes non initiés. Aux temps très enfuis de la première pérégrination vers la capitale, quarante ans plus tôt, Suzanne et Henri, les amis de Paris, avaient ferraillé dur pour le dissuader de tenter l'aventure ; on ne verrait d'ailleurs pas Suzanne et Henri, qui, aussitôt la retraite prise, avaient vendu l'appartement de Gentilly et acheté un pavillon dans la banlieue de Dijon où leur fille unique faisait maison entre ses quatre fils et un mari artisan doté d'une enveloppante parentèle. Le père avait fini par comprendre, même s'il avait eu du mal à s'en convaincre, que la chère voiture, garant indispensable de sa liberté à la ferme, lui deviendrait à Paris un fardeau qu'il supporterait mal de savoir arrimé, à des tarifs indécents, le long d'un trottoir où le précieux véhicule se trouverait exposé aux innombrables avanies imputables à l'incurie notoire de jeunes citadins prompts à attenter au bien d'autrui pour le seul plaisir du saccage. Ils le disaient assez aux informations, régionales et nationales ; et la Une ou les autres chaînes montraient des images, on voyait aussi dans *Paris-Match* des photos de vitrines cassées et de voitures brûlées, si bien que s'extraire des limites balisées du département par le truchement de son automobile confinait, l'âge venant, à l'exploit ; exploit que l'on ne saurait tenter avec un enfant, son petit-fils, qui ne lui eût d'ailleurs pas été confié dans une perspective aussi hasardeuse. D'où le train et ce pensum de l'immobilité forcée, consentie, pendant plus de trois heures, sans le secours de la télévision, au milieu de voyageurs indifférents, claquemurés derrière leurs écouteurs, leurs grilles de mots croisés, leurs écrans d'ordinateur, leurs livres ou leurs magazines, et peu enclins à échanger avec lui de sagaces considérations sur l'avenir fort compromis de l'agriculture de montagne, les sempiternelles négociations de Bruxelles, ou les prestations en demi-teintes de l'équipe de rugby d'Aurillac dans le championnat de France de deuxième division. Le garçon grandissait, devenait moins loquace, avait perdu cette irrépressible alacrité d'enfance qui, les années précédentes, en faisait un prolixe compagnon de voyage, capable de sauter sans désemparer du sujet de conversation le plus saugrenu pour son grand-père à de judicieuses questions sur l'état de santé des deux chats et des trois chiens de la ferme, ou de s'enfoncer sans barguigner dans le vertigineux dédale des temps de gestation comparés des lapins, qu'il affectionnait au premier chef, des cochons, dont il se méfiait, des vaches, des chevaux, des ânes, et autres chats, chiens, renards, blaireaux, milans, taupes, chevreuils, lézards, truites, crapauds et grenouilles, ou hérissons dont la ferme était peuplée ou cernée. L'enfant citadin, élevé à Clermont-Ferrand, s'amusait de l'incongruité qu'il y avait à constituer cette cohorte hétéroclite de bêtes domestiques et de créatures plus ou moins furtives et redoutées. Le grand-père, n'étant ni chasseur ni pêcheur, se trouvait pris en défaut et s'étonnait à part lui de ne rien connaître d'autre, sur les milans, les blaireaux ou les renards, que les approximations dont il s'était toujours contenté, n'ayant guère eu ni recherché le loisir de pactiser avec ce qu'il appelait la sauvagine. Il pouvait en revanche régaler à l'occasion le garçon d'anecdotes qui mettaient en scène sa mère, sa tante, ou son oncle dont les enfances étaient devenues, en moins de quatre décennies, totalement exotiques. Ils étaient les derniers. Le cours des choses s'était emballé, le monde s'était élargi ; le père n'eût pas su dire pourquoi ni comment mais il mesurait la distance parcourue à l'étonnement de cet unique petit-fils devant des faits et des situations qui avaient toujours relevé pour lui de l'ordinaire le plus éprouvé. La perplexité de l'enfant le prenait au dépourvu, le saisissait au détour d'une conversation, et il avait alors besoin d'un temps d'accommodement pour opérer la jonction entre la question ou la remarque du garçon et ce qui avait été, ne serait plus, et n'en finissait pas de finir à bas bruit dans les bourgs et les hameaux de plus en plus exsangues où s'obstinaient à vivre les hommes comme lui, tandis que les fils et les filles qu'ils avaient élevés, faute de savoir faire autrement, dans l'ordre ancien des choses, inventaient à Clermont-Ferrand, à Lyon, à Toulouse, à Paris ou plus loin encore des existences que leurs parents n'imaginaient pas. Dans le train, entre Paris et Clermont-Ferrand, dans l'odeur fade des sièges, entre deux arrêts en gare de Moulins ou de Nevers, le garçon avait donc été instruit des minces exploits de sa mère, laquelle, à douze ou treize ans, excellait à la conduite de toutes sortes de véhicules, manœuvrant le tracteur avec maestria en marche arrière pour mener à bon port sur le vieux plancher chancelant de la grange des remorques de foin chargées à bloc. Sa tante n'avait jamais eu ce don et se comportait avec les machines comme une poule qui a trouvé un couteau, l'enfant riait à cette expression singulière qu'il ne manquerait pas de resservir à Claire dès que l'occasion s'en présenterait. On avait d'ailleurs craint le pire quand, à huit ans, s'initiant sur le tas au maniement du râteau, ladite tante avait entrepris de n'user du fatidique instrument qu'à reculons. Les choses étaient rentrées dans l'ordre, mais il avait d'emblée été acquis qu'elle n'eût pas fait une paysanne, à la différence de son aînée, à l'évidence magistrale dans le registre agricole. Le garçon, volontiers disert avec sa tante, chercherait peut-être auprès d'elle confirmation des récits d'un grand-père qu'il ne questionnait pas sur cette ère antédiluvienne d'avant sa naissance, dérouté, voire intimidé, par l'évocation très précise de cet inconcevable morceau de temps où sa mère, sa tante, son oncle avaient eu son âge, avaient été enfants à la ferme, avaient conduit le tracteur et nourri les lapins sans que cela, il le sentait, eût été pour eux un jeu. Le raccord se faisait mal entre les lieux et les époques, quelque chose manquait qui conférait aux récits ferroviaires de son grand-père une troublante opacité. À la ferme le grand-père ne racontait pas, il montrait ; on allait au bord de la rivière mettre le feu aux tas de broustes sèches rassemblées au préalable, on s'affairait sans paroles dans le tremblement de l'air et la fumée bleue ; ces délices pyromaniaques s'accompagnaient de cahotants trajets en tracteur, pas le gros, celui de l'oncle, le mastodonte jaune à cabine, le presque neuf dévolu aux travaux majuscules, non, le vieux, l'ancêtre, le tracteur nu et maigre, rouge usé, aux entrailles suantes, capitonnées de poussière grasse, qui ahanait et pétaradait depuis quarante ans entre prés et bâtiments, alerte, vaillant et familier au point qu'il répondait au mystérieux surnom de Zizou. Dans la caisse verte accolée au Zizou, on transportait les piquets métalliques, le fil de fer, divers outils et tout l'équipement nécessaire à l'installation d'une clôture amovible indispensable pour mettre les vaches au regain ; on appelait ça changer le berger et c'était un rituel minutieux de manipulation d'objets incongrus dont le grand-père savait l'usage tout comme il s'entendait à guider l'eau de la rivière voisine au long de minces rigoles judicieusement creusées dans la terre noire du pré large et plat, un bon pré commode, facile à irriguer en cas de sécheresse, un pré, on disait le pré, qui était l'atout majeur de la ferme. Laquelle ferme demeurait d'ailleurs pour le garçon, en dépit de ou grâce à ces fêtes minuscules et réitérées, un étrange pays peuplé d'odeurs crues, d'outils froids et lourds, de bêtes volontiers rétives qui n'étaient pas des jouets. Même les poules empanachées de rouge et de roux, les douze pondeuses émérites élues par la grand-mère et sélectionnées par elle pour passer le rude cap de l'hiver, piquaient à l'occasion d'un bec avide les bottes en caoutchouc ou le velours épais du pantalon si l'on tardait trop à leur distribuer la manne quotidienne. Le royaume de la ferme était enchanté et rêche, ça allait ensemble, et la poignée de récits délivrés par le grand-père n'infirmait pas cette impression première qui interdisait à l'enfant tout rêve d'agriculture. Il ne serait pas paysan, personne n'attendait cela de lui, et surtout pas ce grand-père qu'il précédait sur le quai de la gare de Lyon, son sac à dos gris arrimé sur les épaules et sa main droite logée dans celle de Claire, laquelle s'appliquait à ajuster son pas à celui du garçon et à maintenir le cap du trio en dépit de l'affluence suscitée par les transhumances de fin d'année. Claire, plus tard, confirmerait les dires paternels sur ses débuts acrobatiques dans l'art de manier le râteau ; elle raconterait aussi comment, chaque année, en juin, elle recevait la mission de veiller sur les jeunes volailles que des rapaces effrontés, on disait les milans, menaçaient d'enlever jusque dans l'enclos aménagé contre le mur du jardin. Fillette entichée de l'école et soucieuse de briller aux compositions de fin d'année, elle psalmodiait ses leçons à voix haute en patrouillant le long du grillage, martiale et dissuasive, tandis que les poulets impassibles vaquaient à leurs menues affaires. Elle se souvenait des conjugaisons, règles de grammaire, dates et autres lambeaux enchevêtrés de géographie, calcul ou sciences naturelles qu'elle déroulait à l'envi dans les soirs de juin, savourant la double griserie suscitée tant par sa roide omniscience d'écolière affairée que par l'impeccable accomplissement de sa chevaleresque mission. L'enfant, ensuite, ruminerait ces bribes qui, raboutées aux mots du grand-père, composaient une sorte d'épopée lacunaire dont il se sentait à la fois très éloigné et obscurément destinataire. Quand il serait seul avec sa tante, à Paris ou dans la maison de pierre et de bois, il poserait des questions, voudrait savoir si elle avait peur du milan, si les chiens étaient avec elle, et combien de chiens, comment ils s'appelaient, et si elle préférait garder les poulets ou les vaches, et combien de temps ça durait chaque soir, et encore si elle savait où, dans quels bois, étaient les nids des milans, et les terriers des renards. Les renards étaient à Claire et à son neveu un constant sujet d'entretien ; on les devinait plus que l'on ne les voyait, parfois, magistraux et fulgurants, au détour d'un chemin ou d'une route ; ils étaient des seigneurs, ils tenaient le pays. Claire avait raconté que, pendant l'année de CM1 ou de CM2, le maître d'école, au moment de la récréation du matin, avait montré aux élèves massés en troupe muette et médusée deux renardeaux parfaits dont la mère était morte ; le maître n'avait pas dit où ni comment et les élèves n'avaient pas posé de questions parce que le maître était le maître et ne disait que ce qu'il jugeait bon de dire. Les élèves, pour la plupart enfants de paysans, avaient hérité de leurs parents une solide hostilité à l'endroit du renard ; on pouvait reconnaître son panache mais il importait de le tenir en respect par des moyens radicaux et définitifs, moyens dont on abusait volontiers tant la goguenarde engeance semblait triompher de tous et de tout. Ardemment sauvages et d'une grâce insensée, les deux renardeaux avaient été installés par le maître sous le préau dans une vaste cage à claire-voie, entre clapier de luxe et vitrine grillagée. Les mains gantées du maître, les museaux insolents des bêtes terrifiées, tapies, acculées, emmêlées dans un coin de cette singulière cage de monstration, tout suintait le mystère ; une porte s'était ouverte sur les coulisses obscures du territoire connu, arpenté, maîtrisé. Ce qui palpitait là sous la fourrure refusée des renardeaux échappait aux rejetons des lignées autochtones, fût-ce aux garçons les plus hardis qui ne pipaient mot bien qu'avertis déjà du rudiment des ordinaires tueries par des pères chasseurs ou pêcheurs. La nuit suivante, une main anonyme avait élargi les bestioles. Le maître, qui aurait pu nommer le coupable, avait su rester magnanime, non sans laisser entendre aux enfants, en termes sibyllins et mesurés, que le sort des renardeaux livrés aux rigueurs du monde ne serait pas enviable. On devinait à quelle mort étaient vouées les deux merveilles orphelines, la conclusion était sans appel et le flot des questions du neveu sur les gants du maître, la taille de la cage, l'odeur des bêtes ou les réactions des élèves refluerait à l'orée sauvage de cette nuit très ancienne. Sur le quai de la gare de Lyon, le père suivait. Il suivait le convoi, il employait ce mot pour désigner la troupe emmenée par une Claire dont il examinait du coin de l'œil l'attirail parisien sans jamais se prononcer autrement que par courtes remarques enchaînées qui n'appelaient pas de réponse. Ces bottillons ça doit pas tenir chaud ça glisse sur la neige mais la neige dure pas ici on le voit à la télé ils nous le montrent au journal dès que vous avez trois centimètres, la pagaille que ça vous met si on s'arrêtait à ça nous autres là-haut on sortirait pas souvent, c'est bien ces talons tu trottes avec ça dans le métro avec tous ces escaliers faut être leste. Il l'était ; vif, alerte, serré de corps, le cheveu demeuré crépu quoique blanchi, et un teint de grand air qui tranchait avec la carnation très pâle de Claire et du garçon. La foule de la gare suscitait chaque année d'immuables commentaires sur les congés, les voyages, et l'argent ainsi dépensé pour les loisirs, usuelle litanie que Claire n'interromprait pas, prenant soin de n'exprimer ni assentiment ni désapprobation parce qu'elle les savait, d'expérience, inutiles. Une fois dans le métro, assis ou debout, gaillard, le sac calé à son côté ou entre ses genoux, il dirait à l'enfant, qui était déjà monté en avion, lui, qu'il n'avait pris le train pour la première fois qu'en 1957, à vingt ans, pour partir au service au Maroc, un 18 novembre, un vendredi, le train et le bateau, d'un seul coup, et même qu'il avait été malade à l'aller, sur le bateau, il avait rien vu, rien de rien, au retour il appréhendait, dix-neuf mois sans permission à cause des événements même s'il était au Maroc et pas en Algérie où ça bardait vraiment, au retour donc, Claire avait l'habitude de ces embardées digressives et savait que toujours il finissait par retrouver le fil, au retour il appréhendait la traversée mais il avait rien eu, rien senti, impeccable. La mer quand même on pouvait pas imaginer ça quand on avait jamais quitté le Cantal et toujours vu que les vaches, le puy Mary, la rivière au fond du pré, l'herbe, la neige. Il avait su nager à cette époque-là, on lui avait montré, il avait appris, maintenant il saurait plus, il avait oublié.

On arrivait à l'appartement, on déballait d'abord les victuailles ; la terrine cuirassée d'une croûte brune, crevassée, tellurique, des saucisses confites en cocotte épaisse la veille même du grand saut ferroviaire vers la capitale, un rôti, court et large, trapu, que l'on mangerait très vite, dès le lendemain, le tenace saint-nectaire, un pot de gelée de coing, nectar trop tardif pour être incorporé aux livraisons de rentrée, début septembre, et l'immarcescible cake aux raisins, luisant et jaune. Nourrir le père à Paris était une affaire singulière et cet apport rassurait tout le monde, on aurait de quoi ; non que l'on craignît de manquer ; Claire s'était appliquée, avait réfléchi, fomenté des menus, dressé des listes de denrées, charrié le tout jusqu'au quatrième étage. Elle n'avait cependant pas l'âme nourricière et devrait aussi composer avec l'incontournable besoin paternel de s'écarter le moins possible des solides habitudes qui visaient à détourner de lui les embarras gastriques dont il était affligé depuis la cinquantaine. Il ne s'agissait pas de tomber malade à Paris où l'on n'était pas chez soi et où Claire aurait prévu un programme de visites visant à distraire et à instruire l'enfant. On galoperait d'abondance, sans mollir, en métro, en bus, voire en taxi, ce qu'il supportait plus mal encore que le train, tenant pour très incommode de se faire conduire, confiné à l'arrière d'une voiture, et se trouvant en pareilles circonstances aussitôt saisi d'accablantes nausées. Et de souligner à l'occasion que c'était là un trait familial, feu son père et son frère aîné ne tolérant pas davantage d'être réduits à l'état de passagers consentants.

Une fois les victuailles inventoriées, humées, remisées, et ces messieurs défaits de leurs anoraks volumineux, écharpes, bonnets éventuels, les pieds à l'aise, qui en pantoufles rouges qui dans de coquets chaussons de skaï réservés à cet usage annuel et exclusif et dits claquettes de Paris, on prendrait un premier repas, sur le coup de neuf heures, préparé au préalable par Claire qui aurait mis le couvert, acheté le pain, disposé les serviettes de table, avant de venir chercher les colis à la gare, colis était encore un mot du père. Neuf heures, c'était déjà tard, même si on n'avait pas à se lever le lendemain pour traire les vaches, et ce pendant trois jours, mais l'habitude commandait d'être au lit vers neuf heures et demie, dix heures au plus tard. À Paris tout était chamboulé ; réveillé à cinq heures, il ne se lèverait pas, il allumerait la radio en sourdine, il n'aurait qu'à appuyer sur le bouton que Claire lui avait montré ; il se souvenait d'une année sur l'autre et il aurait pu trouver tout seul, en essayant, mais Claire lui montrait, et il faisait comme elle avait dit parce qu'elle était chez elle, dans ses affaires. Elle lui donnait sa chambre et dormait au salon avec le neveu. De cinq heures à plus de sept heures, il attendrait, en suivant plus ou moins à la radio des émissions qu'il ne connaissait pas, mais les stations étaient programmées et Claire n'avait pas sélectionné celles qu'il écoutait sur le poste noir suspendu à l'étable, dans le fond, du côté du parc à veaux, ou à la cave, en faisant les fromages avec la mère, quand le bruit de l'écrémeuse n'avalait pas tout. Chaque année à Paris il s'enfonçait dans ces choses de là-bas, le matin, en attendant dans la chambre trop blanche, où la couette tenait moins chaud que la couverture, surtout aux pieds qu'il avait toujours froids, même si l'appartement était très bien chauffé, trop chauffé même. Il pensait à l'écrémeuse, justement, qui était chancelante et que plus personne ne voulait ou ne savait réparer, à la machine à traire qui battait de l'aile et tomberait en carafe juste le jour d'hiver où on serait dans la neige jusqu'aux oreilles ; il pensait que toute sa vie il avait couru après les machines, de plus en plus il avait été l'esclave des machines ; il fallait d'abord les acheter, en empruntant pour le gros matériel, et quand on arrivait au bout des mensualités la machine était usée, dépassée, on empruntait de nouveau pour en acheter une autre, ça ne finissait pas, jamais ; même si les paysans de sa génération avaient été les premiers à profiter du confort des machines ; il reconnaissait le confort des machines leur puissance leur efficacité ; il pensait à ça, au confort des machines et à l'esclavage que c'était, que c'était devenu. Peut-être parce qu'il était vieux. Il pensait qu'il était presque vieux, que la vie était passée, sa vie. Il se tournait, se retournait, il allumait la lampe qu'il posait par terre parce qu'elle était trop haute et donnait trop de lumière, plus de lumière que la vieille loupiote un peu déglinguée qu'il n'éteignait plus, de toute la nuit, là-bas, quand il ne dormait pas. Il dormait peu, par morceaux transparents, la loupiote faisait veilleuse et il attendait, il avait l'habitude, il se reposait, c'était suffisant. À Paris, chaque année il s'ennuyait dans la grande vacuité de ces heures du petit matin où rien ne remuait encore, ni dans l'appartement, ni dans l'immeuble, ni même dans la rue, à l'exception d'une voiture qui trouait parfois à vive allure le faux silence de la nuit. S'il avait eu le journal, *La Montagne*, il l'aurait lu, mais l'édition locale, la seule qui l'intéressait, ne se trouvait pas à Paris, et les autres éditions, ou les autres journaux et les revues, lui tombaient des mains, sauf le journal jaune, le *Midi olympique*, que Claire lui procurait parfois et dont la lecture, morcelée en courtes goulées, aidait à patienter. Ce qui manquait surtout c'était la télévision. À la ferme on vivait avec elle, le matin, à midi, le soir, et de plus en plus tôt au fur et à mesure que le noir de l'hiver montait, que les jours raccourcissaient. C'était régulier, on savait que l'on aurait à telle heure le solide recours d'une émission connue dont l'impeccable déroulement tiendrait chaud et consolerait du navrant état des choses. Le père jugeait en effet que tout allait à vau-l'eau, que c'était mieux avant, et le moindre de ses griefs envers le vingt et unième siècle galopant n'était pas qu'une personne comme sa fille Claire, qui avait du bagage, un vrai métier et la santé, fût divorcée et sans enfants. Elle avait pourtant fait un bon mariage, avec un vétérinaire qui cherchait des nouveaux médicaments dans des laboratoires, on voyait bien qu'il aurait pas su y faire avec une vache dans une étable, et même avec un veau, il connaissait pas du tout les bêtes. Il sortait d'une bonne famille, avec le père vétérinaire déjà, en Normandie, par là-haut, dans un pays de fromage aussi, et la mère pharmacienne, un fils unique. Le mariage avait eu lieu à Paris, dans une mairie où l'oncle du marié était élu et avait parlé comme un ministre. Il se souvenait surtout du témoin de sa fille, une amie qui s'appelait Lucie, elle était plus belle que Brigitte Bardot et vivait au Japon ou en Italie, il ne savait plus. Le ménage n'avait pas tenu, sept ou huit ans peut-être. Avec des femmes comme Claire, qui ne voulaient pas se charger d'une famille, supporter un mari, des enfants, et habitaient dans des appartements bourrés de livres, allaient à des spectacles ou voir des peintures dans des musées, à Paris en Autriche à New York, au lieu d'élever des gosses et de s'occuper d'une maison, avec rien que des femmes comme elle, qui gagnaient leur argent sans attendre après les hommes, ça serait bientôt la fin du monde. Le bref séjour annuel à Paris permettait au père de mesurer la distance creusée entre Claire et lui par cela même qu'il avait toujours souhaité pour ses filles, la réussite dans les études et un métier stable. Sur les murs blancs de l'appartement des images sautaient à la tête qui n'étaient pas celles de la télé ; le père regardait, flairait, se sentait étranger, cherchait des pistes, posait des questions ; et ce vieux-là, à peu près comme il était lui, de son âge, avec un bouc des lunettes carrées un pull et la cravate et un tablier en plastique comme pour faire le fromage, il s'appelait comment, c'était qui ; il avait retourné la carte ; Claire avait répondu, sans le regarder, en ramassant les assiettes et les verres qui restaient sur la table après le repas, qu'il était italien, c'était un écrivain, il était allé dans les camps de concentration pendant la guerre, était revenu, sur la photo il devait avoir à peu près soixante-cinq ans, il s'était suicidé en 1987. Sur le frigo, dans la cuisine, étaient disposées d'autres photos qu'il reconnaissait, pas des photos d'un écrivain italien qui aurait été pour sa fille comme quelqu'un de la famille ; l'enfant au bord de la Santoire, en été au fond du pré avec la chienne Lola, la vieille qui était morte en juin, une bonne chienne qui allait bien aux vaches et qu'il avait enterrée dans l'allée du jardin comme avant elle Oscar, Raymond, Belle et d'autres, l'enfant tout petit encore avec un dindon plus haut que lui dans la cour de la ferme à la Toussaint, et des gens aussi, des amis de Toulouse qui venaient chaque année au moment du 14 juillet en vacances dans la maison de Claire. Il secouait la tête, ce monde n'était pas le sien, le vieux des camps, l'écrivain italien suicidé, et les vacanciers de Toulouse en promenade, mais cette fille était bien la sienne qui lui ressemblait de plus en plus en vieillissant, depuis qu'elle avait passé la quarantaine, alors que petite elle avait été celle des trois qui tenait le plus du côté de la mère. L'appartement de Paris était à elle, elle l'avait acheté, elle avait bien fait, à des fonctionnaires comme elle les banques prêtaient gros, c'était sans risques ; l'appartement avait plus que doublé de prix, ils en parlaient assez à la télé, des prix de l'immobilier à Paris. Les quarante-cinq mètres carrés de Paris valaient peut-être plus que les trente-trois hectares de la ferme qu'ils avaient achetés, lui et la femme, à vingt-sept ans, avec les yeux, et remboursés pendant vingt ans. Il ruminait ces choses à Paris, le matin, dans la chambre, en attendant ; il n'avait pas été patient dans sa vie, et ça lui portait encore peine d'attendre, mais il n'irait pas, il n'allait pas les déranger, il était bien installé. Venir trois ou quatre jours comme ça, à Paris, à Noël, ça coupait le temps, ça le sortait un peu des hivers de là-haut qui ne finissaient pas, qui finissaient de moins en moins avec ce corps vieilli que l'on avait maintenant, les pieds froids toujours, et les reins, les reins fragiles surtout, qu'il fallait garder bien couverts, et ces rhumes qu'il traînait parfois des semaines entre l'étable, la grange et la maison, en dépit des caleçons longs, des chaussons de laine en plus des chaussettes dans les bottes, de la grosse veste, de la casquette à oreilles. Venir à Paris était aussi l'occasion d'être avec le garçon, le petit-fils qui était encore trop jeune pour voyager seul ; il fallait voir pourtant comme il était dégourdi et à l'aise, partout, à la gare dans le train, pour trouver les toilettes ou donner le billet au contrôleur, dans le métro, plus dégourdi, plus à l'aise que lui, et dans l'appartement aussi où il avait toujours pris ses quartiers, deux fois par an, à Noël et début juillet ; ça marchait à la baguette avec ses filles, les deux, les sœurs qui s'entendaient, c'était réglé comme du papier à musique, et en plus une fois par an elles partaient avec le garçon en voyage quelque part, ils allaient en avion, à Londres à Berlin à Rome en Grèce, et elles parlaient de New York, l'enfant lui avait montré déjà sur l'ordinateur, sur Internet, tout était comme photographié d'en haut, par satellite, les rues de New York et la vallée de la Santoire, on aurait presque pu reconnaître les prés, le bâtiment, les vaches au bord de la rivière, l'âne derrière la grange; le gamin savait faire tout ça, il appuyait sur les bons boutons. Il y serait bien allé en Amérique, lui, il se sentait quand même plus gaillard que beaucoup d'autres de son âge pliés rabotés ratatinés par le travail, marqués bien plus que lui qui trottait menu, se tenait droit, faisait son train. La seule chose qu'il craignait dans les voyages, comme ça à Paris, et encore plus ailleurs, s'il était allé ailleurs, c'était la nourriture, le changement de régime, et les conséquences que ça pouvait avoir. Chez Claire il mangerait la soupe, la salade, le fromage, et boirait ses deux ou trois verres de vin par jour, il disait le canon; mais la façon de faire, de préparer les aliments, n'était pas la même; il se méfiait, tant il était facilement dérangé, en dépit des efforts manifestes de sa fille qui respectait les menus canoniques, usant des denrées charriées par lui en quantités plus que suffisantes, n'innovant qu'à doses homéopathiques, osant à l'extrême rigueur, et selon sa manie italienne, pour l'enfant, qui en était friand, et pour elle, des raviolis frais au parmesan ou du tiramisu, un dessert mou, avec du café et une sorte de fromage, un drôle de mélange dont ils faisaient tous deux grand cas. Chacun ses manies de bouche; en vieillissant il lui était venu certaines fantaisies de boissons sucrées, comme la limonade allégée, dite light, qu'il buvait très volontiers entre les repas, et avant de se coucher, à condition qu'elle fût très fraîche. Il s'en était ouvert au petit-fils, sachant que l'information serait transmise, et Claire lui avait en effet signalé, dès le premier soir, la présence d'une bouteille dans le bas du réfrigérateur, où elle voisinait avec ce vinaigre marron et presque sucré qu'il n'aimait pas beaucoup, et dont elle usait pour la salade alors qu'elle ne mettait pas d'ail dans sa sauce ; pour la salade, sans ail tout était changé ; et pour la soupe aussi ; elle achetait la soupe en portions congelées qu'elle faisait fondre dans une casserole à fond épais, en ajoutant ce qu'il fallait, de la crème, ou du lait entier ; dans cette cuisine minuscule et impeccable, préparer un vrai bouillon de légumes semblait déplacé ; un peu comme si lui à la ferme s'était mis en tête de traire en pantalon et gants blancs et avec une cravate ; d'ailleurs la soupe était bonne, en y rajoutant du sel, et des bouts de pain trempé. Le pain était formidable, on le prenait en rentrant chez les boulangers d'en bas, des Portugais qui travaillaient comme des fous et vendaient à des prix impossibles des gâteaux gros comme rien, trois femmes servaient, dont la patronne qui avait l'œil pointu, à certaines heures on faisait la queue dans la rue, tellement c'était réputé dans le quartier où, pourtant, les boulangeries ne manquaient pas. Des travailleurs, ces gens-là, les boulangers, levés à des heures de folie, encore pire que lui avec ses bêtes, mais ils devaient s'en faire de l'argent, même avec les charges pour les employés et tout le tremblement. Il aurait bien parlé avec eux, du travail, et de la peine que c'était, tous les jours de l'année, et à Noël et le dimanche, il les aurait complimentés d'avoir une aussi belle affaire, mais à Paris ça ne se faisait pas, personne ne faisait ça, de se parler sans se connaître pour se dire des choses qui étaient dans l'air et vous passaient à travers. Dans le métro parfois, il ne se retenait plus, quand on s'asseyait enfin, en rentrant, recru de cette fatigue qui ne ressemblait pas à celle de la ferme. Il sentait le regard de sa fille quand il prenait langue avec la personne posée à côté de lui, ou en face ; pour commencer, il jetait deux ou trois paroles, presque rien, pour voir, tâter le terrain, des banalités sur le temps, le monde qu'il y avait dans ce métro, plus de personnes dans ce wagon que dans toute la commune où il vivait, à mille mètres d'altitude, dans le Massif central, mais c'était bien commode, et rapide, quoique, il aurait eu du mal à s'y faire, lui, à son âge, fallait être jeune pour s'adapter. Toujours, ou presque, la personne, ou une autre, à droite ou à gauche, répondait, donnait la réplique ; l'Auvergne, le Cantal, Clermont-Ferrand, Aurillac, Saint-Flour, on voyait plus ou moins, on y était passé, on avait loué un gîte, une fois on était allé à Salers, au viaduc de Garabit, ou au Festival du théâtre de rue à Aurillac, qui était souvent la ville la plus froide de France sur la carte de la météo à la télé, mais quels paysages, et les fromages ; on y venait et le père était à son affaire, il connaissait ça, il en avait fabriqué toute sa vie du fromage, et son père avant lui, à l'estive en montagne dans les burons. Le mot buron interrogeait, le père eût volontiers expliqué, le faisait parfois. Alors on lui racontait en trois mots, on avait eu des grands-parents paysans, on disait plutôt agriculteurs, ou des cousins l'étaient encore, dans la Sarthe, dans le Pas-de-Calais, du côté d'Agen ; c'était le tabac, le maïs, le tournesol, les betteraves, la culture, on n'avait plus de bêtes depuis longtemps, personne n'en avait plus, le père opinait, les vaches c'était trop tenu, on ne vivait plus comme ça, les jeunes ne voulaient plus. L'enfant écoutait en triturant son ticket de métro, Claire entendait les paroles mélangées et sentait la gêne, ou la perplexité, ou la curiosité des autres voyageurs témoins de la patente incongruité qu'il y avait à lier ainsi conversation dans le métro avec ce petit homme sec manifestement ignorant des mœurs de la tribu. Le père essuyait peu de rebuffades; tout au plus suscitait-il parfois une indifférence mâtinée de condescendance narquoise qui lui rentrait les mots dans le corps. Il se rencognait alors sur son siège et se résignait à observer tel ou tel voyageur sur lequel il jetait son dévolu, pointant du menton, frémissant de la bouche, ravalant des remarques ou des interrogations qui fourniraient au déjeuner ou au dîner d'opportuns sujets d'entretien. En début de soirée, tandis que Claire s'affairait en cuisine et que l'enfant aimait à s'attarder au bain, le père s'entêtait à déplorer que sa fille vécût sans télévision ; il peinait à le concevoir, et la chose était à ses yeux, au même titre que le refus de faire des enfants, d'avoir une voiture ou de suivre la religion, un indice majeur, surtout pour une femme, de singularité, si ce n'est de marginalité, voire de rébellion fondamentale. Il s'en étonnait chaque année, feignant de découvrir cette dissidence caractérisée, prenant le garçon à témoin, et souffrant à l'approche du journal télévisé d'une sensation de vacuité qui confinait à la crise de manque. Sur les conseils avisés de son neveu, Claire l'installait aux heures périlleuses devant l'écran de l'ordinateur et un documentaire où des hommes et des femmes qui n'étaient plus tout à fait jeunes, mains posées sur la toile cirée, à côté de la boîte à sucre rectangulaire et du verre de café, dos tourné à la cuisinière trapue, à son tuyau annelé, à l'évier blanc, disaient entre deux morceaux de silence la vie qu'ils s'étaient faite dans leur ferme du bout du monde, en Ardèche, en Lozère ou en Haute-Loire, et l'avenir qu'ils peinaient à s'inventer. Il en demeurait coi, saisi, interdit de se voir là, de se reconnaître sur cet ordinateur, dans ce documentaire, puisque sa fille employait ce mot, qui n'était pas comme un film, qui était comme la vie, comme sa vie, celle qu'il avait menée, qu'il menait encore à cinq cents kilomètres de là, et dont il n'avait pas imaginé qu'elle pût faire l'objet d'une sorte d'émission de télé ; d'ailleurs ce documentaire était aussi passé à la télé, Claire l'assurait, ajoutant qu'elle était allée le voir plusieurs fois au cinéma et qu'elle l'avait acheté dès sa sortie en DVD. Perplexe, vaguement égaré entre grand et petit écran, film et documentaire, renonçant bientôt à comprendre les arguties de son imprévisible fille, il opinait et répétait dans sa gorge, à l'intention de l'enfant surgi, debout à son côté, campé dans son odeur de propre et son pyjama en pilou écossais, la nuque encore humide, c'est nous c'est nous on est comme ça c'est nous. Après le dîner Claire et l'enfant joueraient aux dominos sur la table débarrassée ; ils étaient enragés et ajustaient les pièces de couleur les unes aux autres sans parler, très vite, ils s'exclamaient parfois, éructaient de brefs cris de triomphe ou de dépit, leurs sourires étaient féroces et on comprenait qu'ils ne pensaient à rien d'autre. Le père s'étonnait de voir Claire ainsi lancée dans une aussi piètre affaire qui ne demandait ni réflexion ni tactique, alors qu'elle n'avait jamais voulu apprendre la belote ni les dames, prétendant à chaque tentative, quand elle avait attrapé treize ou quatorze ans, qu'elle ne comprenait rien à toutes ces règles, ne les retenait pas, et qu'elle n'aimait pas jouer, du tout, à rien ; comme sa mère qui remplissait les grilles de mots croisés de *La Montagne* ou de *Paris-Match* au bout de la table quand il manquait un quatrième pour une partie. Sa fille aînée, elle, avait ce goût du jeu rusé et têtu, elle jouait bien, elle était coriace, et comme lui aussi elle aimait fumer alors que Claire et sa mère n'avaient jamais touché à une cigarette de leur vie ; encore heureux qu'il puisse rouler son tabac gris assis tranquille sur le canapé sans être cantonné dans une seule pièce près d'une fenêtre ouverte, ou même obligé de rester dehors comme il savait que ça se faisait maintenant chez certaines personnes, dans les maisons ou les appartements, surtout quand il y avait des enfants, c'était la mode. Claire sortait même pour lui de l'armoire où elle rangeait toute la belle vaisselle un cendrier qui ressemblait à une assiette à dessert ; italien aussi le cendrier, et peint à la main. Sa fille et l'enfant jouaient à leurs dominos sur la nappe propre, en tissu épais, qui n'était pas celle dont on usait pour les repas. Claire ne voulait pas de toile cirée, qui était pourtant bien pratique et facile à nettoyer, elle n'aimait pas non plus les bouteilles en plastique sur la table, l'eau était servie dans une carafe bleue, elle tolérait la limonade mais il sentait que ça ne lui plaisait pas, elle faisait l'effort, pour trois jours elle supportait. Elle avait aussi la manie de changer les assiettes pendant le repas, elle disait que le lave-vaisselle était là pour ça, se levait allait venait, on n'avait rien à dire, on n'était pas chez soi. C'était des façons, des manières qu'elle avait prises dans sa belle-famille, et gardées ; il sentait que ça allait plus ou moins avec les bottines, les manteaux en velours, les gants serrés, le vinaigre marron et l'écrivain italien ; elle avait toujours été un peu comme ça, même petite, déjà, quand elle avait huit ans, il l'avait bien vu, et il le lui disait des fois à table, elle était une bourgeoise, elle faisait pas de bruit en mangeant la soupe.

Une fois par séjour, on prenait le bus pour aller au cinéma, à la séance du matin, vers dix ou onze heures. Le père considérait avec attention le bâtiment, long paquebot transparent glissé entre voies ferrées et bords de Seine, aux pieds des quatre tours de cette bibliothèque François-Mitterrand dont ils avaient tant parlé à la télé, il s'en souvenait à cause du nom de Mitterrand. Il n'avait jamais voté pour ce socialiste qui mangeait à tous les râteliers et avait envoyé le contingent en Algérie sous Guy Mollet, mais on lui devait la préretraite à cinquante-cinq ans pour les paysans, et il avait été bien content de la prendre, même si pour quelqu'un comme lui la retraite c'était sur le papier, avec le fils pas marié qui était resté à la ferme, et qu'ils aidaient, la femme et lui, comment faire autrement. Chaque année il observait avec une attention émerveillée les matériaux utilisés dans ce bâtiment du cinéma, leur solidité, leur agencement qu'il jugeait judicieux, et l'impeccable ballet des escaliers mécaniques qui desservaient les nombreuses salles. Les sommes colossales engagées pour réaliser de telles prouesses à la seule fin de divertir les habitants des villes le soir, pendant les week-ends et les congés, dépassaient son entendement. C'était cossu, du beau et du riche travail, il en eût félicité les agents d'accueil du cinéma s'ils eussent été moins jeunes, moins étrangers, moins inaccessibles, leurs mains déchirant le talon du ticket tandis qu'ils s'appliquaient à traverser d'un regard professionnel le client transparent. Les escalators charmaient le père, il s'y tenait très droit, immobile, planté et grave, laissant la machine accomplir son noble office de propulsion, pour lequel elle avait été conçue, montée boulonnée vissée graissée en ses moindres et innombrables rouages, et marquant d'une moue sceptique sa désapprobation à l'endroit des Parisiens toujours frénétiques qui se hâtaient sans estimer à sa juste valeur l'impeccable service rendu par l'ingénieuse et pesante mécanique. Il ajoutait volontiers qu'à son âge, là-haut, en hiver, quand la couche de glace et de neige ne cédait pas et rendait le chemin fort peu praticable, même pour l'âne ou le tracteur, ça lui aurait bien fait un engin comme celui-là pour monter le lait de l'étable à la laiterie. Dans la salle de cinéma, défait de sa parka épaisse et de son écharpe, carré dans le siège confortable et rouge, aussitôt la lumière éteinte, il s'endormirait sans faillir, bercé par l'aimable babil cinématographique comme il l'était depuis quarante-cinq ans, à l'heure de la sieste sur le banc de la cuisine, par la sourdine de la télévision. On irait aussi au Louvre, forcément. Claire proposerait une visite aux Italiens, ou aux sculptures françaises, aux peintres du Nord, aux Égyptiens, à Chardin, à Corot, au Louvre médiéval, lequel était toujours plébiscité. On y passerait, on commencerait même par là en promeneurs avertis, avant de découvrir une nouvelle contrée de ce que Claire appelait le continent Louvre. Elle disait que c'était une ville dans la ville, où l'on allait de quartier en quartier, où l'on pouvait s'égarer parce qu'il y avait toujours à voir, à se laisser happer par une rencontre imprévue. On avait rendez-vous avec une Vierge florentine, une Vénus allemande et très nue, un saint Sébastien extatique et transpercé ou un gisant en grand apparat. Le père suivait, il entendait ces paroles et voyait l'enfant donner volontiers la réplique, opiner ou rechigner, se laisser convaincre ou prendre les devants. En dehors du nom de la Joconde, dont on apercevait le portrait de loin, derrière sa horde de fervents, tous ces mots apprivoisés par son petit-fils et sa fille se refusaient à lui, échappaient, tourbillonnaient dans un ailleurs du monde qui lui demeurait inaccessible ; toutefois, ces deux-là, tante et neveu, étaient les siens, procédaient de lui par le sang, et il ne songerait pas à se défendre d'une sourde poussée de fierté quand l'enfant reconnaîtrait chez les Égyptiens telle ou telle pièce photographiée dans le livre de sixième et commentée en classe. Il oserait une question, on y répondrait, la chose allant de soi, et l'objet ainsi éclairé cesserait de l'ennuyer comme jadis les répons en latin des sempiternelles messes dominicales. Posé, enfin, devant un grand tableau religieux bourré de personnages très dorés empilés les uns sur les autres, il prendrait un plaisir certain quoique diffus à entendre ses acolytes infatigables disputer des mérites comparés de telle ou telle nuance de bleu, de rose ou de vert, la joute leur procurant des satisfactions partagées peut-être comparables, il le supposait, à celles qu'il goûtait, lui, dans les foudroyantes figures inventées par une bonne équipe de rugby portée par un public fervent dans un stade digne de ce nom. Ça devait être du même ordre, il le sentait confusément et s'en trouvait ragaillardi dans l'invraisemblable imbroglio des entrailles de ce Louvre énorme. Ce bâtiment aussi, c'était quelque chose, on n'en faisait pas le tour, même avec la pyramide, en plexiglas, comme le pare-brise des tracteurs modernes, qui datait aussi de Mitterrand et s'arrangeait plus ou moins avec le reste qui remontait aux rois, et même au Moyen Âge. Il ruminait et brassait cette fatrasie de dates et de périodes, parka ouverte écharpe dénouée tête nue, abasourdi d'idiomes entrelacés, ballotté de salle en salle, assis debout, mains croisées dans le dos, vaillant ; le corps penché, planté, il répétait, ils sont beaux les sols ils sont beaux.

DU MÊME AUTEUR

Aux Éditions Buchet-Chastel

LE SOIR DU CHIEN, 2001 (Points, 2003)
LITURGIE, 2002
SUR LA PHOTO, 2003 (Points, 2005)
MO, 2005
ORGANES, 2006
LES DERNIERS INDIENS, 2008 (Folio n° 4945)
L'ANNONCE, 2009 (Folio n° 5222)
LES PAYS, 2012 (Folio n° 5808)
ALBUM, 2012
JOSEPH, 2014

Chez d'autres éditeurs

MA CRÉATURE IS WONDERFUL, *Filigranes*, 2004. Avec Bernard Molins
LA MAISON SANTOIRE, *Bleu autour*, 2007
L'AIR DU TEMPS, *Husson*, 2007. Avec Béatrice Ropers
GORDANA, *Le chemin de fer*, 2012. Avec Nihâl Martli
TRAVERSÉE, *Créaphis*, 2013

COLLECTION FOLIO

Dernières parutions

6091. Voltaire — *Le taureau blanc*
6092. Charles Baudelaire — *Fusées – Mon cœur mis à nu*
6093. Régis Debray – Didier Lescri — *La laïcité au quotidien. Guide pratique*
6094. Salim Bachi — *Le consul* (à paraître)
6095. Julian Barnes — *Par la fenêtre*
6096. Sophie Chauveau — *Manet, le secret*
6097. Frédéric Ciriez — *Mélo*
6098. Philippe Djian — *Chéri-Chéri*
6099. Marc Dugain — *Quinquennat*
6100. Cédric Gras — *L'hiver aux trousses. Voyage en Russie d'Extrême-Orient*

6101. Célia Houdart — *Gil*
6102. Paulo Lins — *Depuis que la samba est samba*
6103. Francesca Melandri — *Plus haut que la mer*
6104. Claire Messud — *La Femme d'En Haut*
6105. Sylvain Tesson — *Berezina*
6106. Walter Scott — *Ivanhoé*
6107. Épictète — *De l'attitude à prendre envers les tyrans*
6108. Jean de La Bruyère — *De l'homme*
6109. Lie-tseu — *Sur le destin*
6110. Sénèque — *De la constance du sage*
6111. Mary Wollstonecraft — *Défense des droits des femmes*
6112. Chimamanda Ngozi Adichie — *Americanah*
6113. Chimamanda Ngozi Adichie — *L'hibiscus pourpre*
6114. Alessandro Baricco — *Trois fois dès l'aube*
6115. Jérôme Garcin — *Le voyant*

6116. Charles Haquet –
Bernard Lalanne   *Procès du grille-pain
                          et autres objets qui
                          nous tapent sur les nerfs*
6117. Marie-Laure Hubert
Nasser   *La carapace de la tortue*
6118. Kazuo Ishiguro   *Le géant enfoui*
6119. Jacques Lusseyran   *Et la lumière fut*
6120. Jacques Lusseyran   *Le monde commence
                          aujourd'hui*
6121. Gilles Martin-Chauffier *La femme qui dit non*
6122. Charles Pépin   *La joie*
6123. Jean Rolin   *Les événements*
6124. Patti Smith   *Glaneurs de rêves*
6125. Jules Michelet   *La Sorcière*
6126. Thérèse d'Avila   *Le Château intérieur*
6127. Nathalie Azoulai   *Les manifestations*
6128. Rick Bass   *Toute la terre
                          qui nous possède*
6129. William Fiennes   *Les oies des neiges*
6130. Dan O'Brien   *Wild Idea*
6131. François Suchel   *Sous les ailes de l'hippocampe.
                          Canton-Paris à vélo*
6132. Christelle Dabos   *Les fiancés de l'hiver.
                          La Passe-miroir, Livre 1*
6133. Annie Ernaux   *Regarde les lumières
                          mon amour*
6134. Isabelle Autissier –
Erik Orsenna   *Passer par le Nord. La nouvelle
                          route maritime*
6135. David Foenkinos   *Charlotte*
6136. Yasmina Reza   *Une désolation*
6137. Yasmina Reza   *Le dieu du carnage*
6138. Yasmina Reza   *Nulle part*
6139. Larry Tremblay   *L'orangeraie*
6140. Honoré de Balzac   *Eugénie Grandet*
6141. Dôgen   *La Voie du zen. Corps et esprit*
6142. Confucius   *Les Entretiens*

6143.	Omar Khayyâm	*Vivre te soit bonheur !* *Cent un quatrains* *de libre pensée*
6144.	Marc Aurèle	*Pensées. Livres VII-XII*
6145.	Blaise Pascal	*L'homme est un roseau pensant.* *Pensées (liasses I-XV)*
6146.	Emmanuelle Bayamack-Tam	*Je viens*
6147.	Alma Brami	*J'aurais dû apporter des fleurs*
6148.	William Burroughs	*Junky (à paraître)*
6149.	Marcel Conche	*Épicure en Corrèze*
6150.	Hubert Haddad	*Théorie de la vilaine* *petite fille*
6151.	Paula Jacques	*Au moins il ne pleut pas*
6152.	László Krasznahorkai	*La mélancolie de la résistance*
6153.	Étienne de Montety	*La route du salut*
6154.	Christopher Moore	*Sacré Bleu*
6155.	Pierre Péju	*Enfance obscure*
6156.	Grégoire Polet	*Barcelona !*
6157.	Herman Raucher	*Un été 42*
6158.	Zeruya Shalev	*Ce qui reste de nos vies*
6159.	Collectif	*Les mots pour le dire.* *Jeux littéraires*
6160.	Théophile Gautier	*La Mille et Deuxième Nuit*
6161.	Roald Dahl	*À moi la vengeance S.A.R.L.*
6162.	Scholastique Mukasonga	*La vache du roi Musinga*
6163.	Mark Twain	*À quoi rêvent les garçons*
6164.	Anonyme	*Les Quinze Joies du mariage*
6165.	Elena Ferrante	*Les jours de mon abandon*
6166.	Nathacha Appanah	*En attendant demain*
6167.	Antoine Bello	*Les producteurs*
6168.	Szilárd Borbély	*La miséricorde des cœurs*
6169.	Emmanuel Carrère	*Le Royaume*
6170.	François-Henri Désérable	*Évariste*
6171.	Benoît Duteurtre	*L'ordinateur du paradis*
6172.	Hans Fallada	*Du bonheur d'être* *morphinomane*

6173. Frederika Amalia
       Finkelstein   *L'oubli*
6174. Fabrice Humbert   *Éden Utopie*
6175. Ludmila Oulitskaïa   *Le chapiteau vert*
6176. Alexandre Postel   *L'ascendant*
6177. Sylvain Prudhomme   *Les grands*
6178. Oscar Wilde   *Le Pêcheur et son Âme*
6179. Nathacha Appanah   *Petit éloge des fantômes*
6180. Arthur Conan Doyle   *La maison vide* précédé du
                              Dernier problème
6181. Sylvain Tesson   *Le téléphérique*
6182. Léon Tolstoï   *Le cheval* suivi d'*Albert*
6183. Voisenon   *Le sultan Misapouf
                              et la princesse Grisemine*
6184. Stefan Zweig   *Était-ce lui ?* précédé
                              d'*Un homme qu'on n'oublie pas*
6185. Bertrand Belin   *Requin*
6186. Eleanor Catton   *Les Luminaires*
6187. Alain Finkielkraut   *La seule exactitude*
6188. Timothée de Fombelle   *Vango, I. Entre ciel et terre*
6189. Iegor Gran   *La revanche de Kevin*
6190. Angela Huth   *Mentir n'est pas trahir*
6191. Gilles Leroy   *Le monde selon Billy Boy*
6192. Kenzaburô Ôé   *Une affaire personnelle*
6193. Kenzaburô Ôé   *M/T et l'histoire des merveilles
                              de la forêt*
6194. Arto Paasilinna   *Moi, Surunen, libérateur des
                              peuples opprimés*
6195. Jean-Christophe Rufin   *Check-point*
6196. Jocelyne Saucier   *Les héritiers de la mine*
6197. Jack London   *Martin Eden*
6198. Alain   *Du bonheur et de l'ennui*
6199. Anonyme   *Le chemin de la vie et de la
                              mort*
6200. Cioran   *Ébauches de vertige*
6201. Épictète   *De la liberté*
6202. Gandhi   *En guise d'autobiographie*
6203. Ugo Bienvenu   *Sukkwan Island*

6204.	Moynot – Némirovski	*Suite française*
6205.	Honoré de Balzac	*La Femme de trente ans*
6206.	Charles Dickens	*Histoires de fantômes*
6207.	Erri De Luca	*La parole contraire*
6208.	Hans Magnus Enzensberger	*Essai sur les hommes de la terreur*
6209.	Alain Badiou – Marcel Gauchet	*Que faire ?*
6210.	Collectif	*Paris sera toujours une fête*
6211.	André Malraux	*Malraux face aux jeunes*
6212.	Saul Bellow	*Les aventures d'Augie March*
6213.	Régis Debray	*Un candide à sa fenêtre. Dégagements II*
6214.	Jean-Michel Delacomptée	*La grandeur. Saint-Simon*
6215.	Sébastien de Courtois	*Sur les fleuves de Babylone, nous pleurions. Le crépuscule des chrétiens d'Orient*
6216.	Alexandre Duval-Stalla	*André Malraux - Charles de Gaulle : une histoire, deux légendes*
6217.	David Foenkinos	*Charlotte*, avec des gouaches de Charlotte Salomon
6218.	Yannick Haenel	*Je cherche l'Italie*
6219.	André Malraux	*Lettres choisies 1920-1976*
6220.	François Morel	*Meuh !*
6221.	Anne Wiazemsky	*Un an après*
6222.	Israël Joshua Singer	*De fer et d'acier*
6223.	François Garde	*La baleine dans tous ses états*
6224.	Tahar Ben Jelloun	*Giacometti, la rue d'un seul*
6225.	Augusto Cruz	*Londres après minuit*
6226.	Philippe Le Guillou	*Les années insulaires*
6227.	Bilal Tanweer	*Le monde n'a pas de fin*
6228.	Madame de Sévigné	*Lettres choisies*
6229.	Anne Berest	*Recherche femme parfaite*
6230.	Christophe Boltanski	*La cache*

6231. Teresa Cremisi — *La Triomphante*
6232. Elena Ferrante — *Le nouveau nom. L'amie prodigieuse, II*
6233. Carole Fives — *C'est dimanche et je n'y suis pour rien*
6234. Shilpi Somaya Gowda — *Un fils en or*
6235. Joseph Kessel — *Le coup de grâce*
6236. Javier Marías — *Comme les amours*
6237. Javier Marías — *Dans le dos noir du temps*
6238. Hisham Matar — *Anatomie d'une disparition*
6239. Yasmina Reza — *Hammerklavier*
6240. Yasmina Reza — *« Art »*
6241. Anton Tchékhov — *Les méfaits du tabac* et autres pièces en un acte
6242. Marcel Proust — *Journées de lecture*
6243. Franz Kafka — *Le Verdict – À la colonie pénitentiaire*
6244. Virginia Woolf — *Nuit et jour*
6245. Joseph Conrad — *L'associé*
6246. Jules Barbey d'Aurevilly — *La Vengeance d'une femme* précédé du *Dessous de cartes d'une partie de whist*
6247. Victor Hugo — *Le Dernier Jour d'un Condamné*
6248. Victor Hugo — *Claude Gueux*
6249. Victor Hugo — *Bug-Jargal*
6250. Victor Hugo — *Mangeront-ils ?*
6251. Victor Hugo — *Les Misérables. Une anthologie*
6252. Victor Hugo — *Notre-Dame de Paris. Une anthologie*
6253. Éric Metzger — *La nuit des trente*
6254. Nathalie Azoulai — *Titus n'aimait pas Bérénice*
6255. Pierre Bergounioux — *Catherine*
6256. Pierre Bergounioux — *La bête faramineuse*
6257. Italo Calvino — *Marcovaldo*
6258. Arnaud Cathrine — *Pas exactement l'amour*
6259. Thomas Clerc — *Intérieur*
6260. Didier Daeninckx — *Caché dans la maison des fous*

6261. Stefan Hertmans — *Guerre et Térébenthine*
6262. Alain Jaubert — *Palettes*
6263. Jean-Paul Kauffmann — *Outre-Terre*
6264. Jérôme Leroy — *Jugan*
6265. Michèle Lesbre — *Chemins*
6266. Raduan Nassar — *Un verre de colère*
6267. Jón Kalman Stefánsson — *D'ailleurs, les poissons n'ont pas de pieds*
6268. Voltaire — *Lettres choisies*
6269. Saint Augustin — *La Création du monde et le Temps*
6270. Machiavel — *Ceux qui désirent acquérir la grâce d'un prince...*
6271. Ovide — *Les remèdes à l'amour* suivi de *Les Produits de beauté pour le visage de la femme*
6272. Bossuet — *Sur la brièveté de la vie et autres sermons*
6273. Jessie Burton — *Miniaturiste*
6274. Albert Camus – René Char — *Correspondance 1946-1959*
6275. Erri De Luca — *Histoire d'Irène*
6276. Marc Dugain — *Ultime partie. Trilogie de L'emprise, III*
6277. Joël Egloff — *J'enquête*
6278. Nicolas Fargues — *Au pays du p'tit*
6279. László Krasznahorkai — *Tango de Satan*
6280. Tidiane N'Diaye — *Le génocide voilé*
6281. Boualem Sansal — *2084. La fin du monde*
6282. Philippe Sollers — *L'École du Mystère*
6283. Isabelle Sorente — *La faille*
6285. Jules Michelet — *Jeanne d'Arc*
6286. Collectif — *Les écrivains engagent le débat. De Mirabeau à Malraux, 12 discours d'hommes de lettres à l'Assemblée nationale*
6287. Alexandre Dumas — *Le Capitaine Paul*
6288. Khalil Gibran — *Le Prophète*

6289.	François Beaune	*La lune dans le puits*
6290.	Yves Bichet	*L'été contraire*
6291.	Milena Busquets	*Ça aussi, ça passera*
6292.	Pascale Dewambrechies	*L'effacement*
6293.	Philippe Djian	*Dispersez-vous, ralliez-vous !*
6294.	Louisiane C. Dor	*Les méduses ont-elles sommeil ?*
6295.	Pascale Gautier	*La clef sous la porte*
6296.	Laïa Jufresa	*Umami*
6297.	Héléna Marienské	*Les ennemis de la vie ordinaire*
6298.	Carole Martinez	*La Terre qui penche*
6299.	Ian McEwan	*L'intérêt de l'enfant*
6300.	Edith Wharton	*La France en automobile*
6301.	Élodie Bernard	*Le vol du paon mène à Lhassa*
6302.	Jules Michelet	*Journal*
6303.	Sénèque	*De la providence*
6304.	Jean-Jacques Rousseau	*Le chemin de la perfection vous est ouvert...*
6305.	Henry David Thoreau	*De la simplicité !*
6306.	Érasme	*Complainte de la paix*
6307.	Vincent Delecroix/ Philippe Forest	*Le deuil. Entre le chagrin et le néant*
6308.	Olivier Bourdeaut	*En attendant Bojangles*
6309.	Astrid Éliard	*Danser*
6310.	Romain Gary	*Le Vin des morts*
6311.	Ernest Hemingway	*Les aventures de Nick Adams*
6312.	Ernest Hemingway	*Un chat sous la pluie*
6313.	Vénus Khoury-Ghata	*La femme qui ne savait pas garder les hommes*
6314.	Camille Laurens	*Celle que vous croyez*
6315.	Agnès Mathieu-Daudé	*Un marin chilien*
6316.	Alice McDermott	*Somenone*
6317.	Marisha Pessl	*Intérieur nuit*
6318.	Mario Vargas Llosa	*Le héros discret*
6319.	Emmanuel Bove	*Bécon-les-Bruyères* suivi du *Retour de l'enfant*
6320.	Dashiell Hammett	*Tulip*
6321.	Stendhal	*L'abbesse de Castro*

6322. Marie-Catherine
      Hecquet   *Histoire d'une jeune fille*
                                sauvage trouvée dans les
                                bois à l'âge de dix ans
6323. Gustave Flaubert   *Le Dictionnaire des idées*
                                reçues
6324. F. Scott Fitzgerald   *Le réconciliateur* suivi de
                                Gretchen au bois dormant
6325. Madame de Staël   *Delphine*
6326. John Green   *Qui es-tu Alaska ?*
6327. Pierre Assouline   *Golem*
6328. Alessandro Baricco   *La Jeune Épouse*
6329. Amélie de Bourbon
      Parme   *Le secret de l'empereur*
6330. Dave Eggers   *Le Cercle*
6331. Tristan Garcia   *7. romans*
6332. Mambou Aimée Gnali   *L'or des femmes*
6333. Marie Nimier   *La plage*
6334. Pajtim Statovci   *Mon chat Yugoslavia*
6335. Antonio Tabucchi   *Nocturne indien*
6336. Antonio Tabucchi   *Pour Isabel*
6337. Iouri Tynianov   *La mort du Vazir-Moukhtar*
6338. Raphaël Confiant   *Madame St-Clair. Reine de*
                                Harlem
6339. Fabrice Loi   *Pirates*
6340. Anthony Trollope   *Les Tours de Barchester*
6341. Christian Bobin   *L'homme-joie*
6342. Emmanuel Carrère   *Il est avantageux d'avoir où*
                                aller
6343. Laurence Cossé   *La Grande Arche*
6344. Jean-Paul Didierlaurent *Le reste de leur vie*
6345. Timothée de Fombelle   *Vango, II. Un prince sans*
                                royaume
6346. Karl Ove Knausgaard   *Jeune homme, Mon combat III*
6347. Martin Winckler   *Abraham et fils*

Composition : IGS-CP à L'Isle-d'Espagnac (16)
Achevé d'imprimer par Novoprint à Barcelone,
le 11 janvier 2018
Dépôt légal : janvier 2018
Premier dépôt légal dans la collection : août 2014
ISBN : 978-2-07-045290-3/Imprimé en Espagne

331389